光文社文庫

境内ではお静かに

縁結び神社の事件帖

天祢（あまね） 涼

光 文 社

目次

目次・章扉デザイン／西村弘美
章扉イラスト／　友風子

境内ではお静かに

1

今年の桜は記録的な早咲きだ。神奈川では珍しく、三月下旬なのにもう散り始めている。

ピンク色の花びらがひらひらと舞い落ちる中、参拝を終え、清々(すがすが)しい顔で帰ろうとする初老男性。その足が、不意にとまった。

「ようこそお参りでした」

男性と目が合った巫女(みこ)――久遠雫(くおんしずく)が愛くるしく微笑(ほほえ)む。一緒に仕事をするようになったばかりの俺は、この笑顔を見る度にどきりとしてしまう。男性も、年甲斐(としがい)もなく頬を赤らめる。

「こ……こんにちは、雫ちゃん。お出かけかな」

「はい。注文していた榊(さかき)を取りに、お花屋さんまで」

「榊なら、その辺にいくらでも生えてるじゃないか」

「境内(けいだい)に生えているのは姫榊(ひさかき)。今日の地鎮祭(じちんさい)は、ご依頼主が四国出身で、姫榊よりも葉っぱが大きくて関東には自生していない本榊(ほんさかき)をご希望なんです」

「そうなんだ。行ってらっしゃい」

雫が一礼して背を向ける。その瞬間、微笑みが嘘のように消え失せた。大きな双眸は氷塊のようで、温度がまるで感じられない。十六歳とは思えない冷ややかな顔つきだ。

俺と雫は会話のないまま神社を出て、汐汲坂を下る。

緋袴の前で両手を軽く重ねた雫は、小刻みに歩を進めていく。袴は歩きにくいので、必然的にこういう歩幅になる。雪が積もったらスキーでもできそうな、普通に歩くのにも苦労する急な坂なのに、それをまったく感じさせない。

俺の方はといえば、まだ袴に慣れず、転ばないようにするだけで精一杯だ。

汐汲坂を下りたところに広がっているのが、横浜元町商店街、通称「元町ショッピングストリート」である。道路には、規則正しく敷き詰められた石畳。電柱がないため、空は軽やかで、道幅は実際の面積よりも広く、奥行きがあるように感じられる。整然と並んだ店や街灯のデザインはすべて西洋風だし、日本ではないみたいだ。

これから行く花屋《あかり》は、世界的に有名なフラワーデザイナーが始めた花屋の支店。デザイナーが認めた人にしか店を任せないため、国内に三店舗しかない。そんなすごい店が当たり前のようにあるのも、この商店街の特徴だと思う。

生まれも育ちも横浜とはいえ、西の泉区に住み、大学が東京だった俺は、この辺りになじみが薄い。平日の昼間なのに、観光客らしき人や、洗練された服装の人などがたくさん歩いていて、戸惑いもする。

もっとも、戸惑いの最大の原因は雫にあった。

白衣に緋袴。腰まである黒髪を一本に束ね、背筋を真っ直ぐ伸ばして歩く姿は凛々しい。身長は一五〇センチ前後しかないのに、もっと大きく見える。

異国情緒あふれる街並みを、日本古来の巫女装束を纏った少女が歩いている。それも、こわいくらいきれいな顔をした少女が——隣にいると、鼓動が加速していく。道行く人が雫の方を振り向いているのは、巫女装束が珍しいことだけが理由ではないはずだ。

白衣白袴の俺の方には、ほとんど視線が集まっていないのだから。

「なんですか」

気がつけば、まじまじと見つめていたらしい。雫は、大きな瞳で俺を見上げてきた。

「参拝者と話すときとは全然表情が違うな、と思っただけだよ」

咄嗟に返した俺は、言い終える前に後悔した。案の定、雫の瞳が一層冷たくなる。

「何度も言っていますが、敬語でお話しください。わたしは、壮馬さんの教育係なのですから」

得体の知れない迫力に圧され、「すみません」と頭を下げてしまう。

「それに、参拝者さまと話すときと表情が違って当然。愛嬌を振り撒くのは、巫女の務めですから」

「務め、ですか」

「ああいう笑顔で接した方が、みなさんが気持ちよく参拝できる。わたしは経験から、それを知っています。そのための努力をしているだけです」

「冷静なんですね」

「そうでもありませんが」

そうでもあると思うが、なにも言えない。この子相手だと、どうも調子が狂う。

三週間前の俺は、年下の女の子とこんな関係になるなんて、想像もしていなかった。

*

「グランカナリア島に移住する」

親父(おやじ)の唐突(とうとつ)な宣言が、すべての始まりだった。

当時の俺は、去年の五月から続いた自分さがしに一区切りつけようとしていた。夏休みを使って八月と九月の丸二ヵ月、北国を回って頭を冷やし、戻ったら海外に渡り、帰国後は自己啓発セミナーに通ったり、OB・OG訪問したりした末に、決断したのだ。

大学をやめて、新しい道をさがそう。四月から四年生だから、ぎりぎりのタイミングだ。

そして退学届を出して帰宅したら、親父の移住宣言である。

「グランカナリア島って、どこだよ？」

「大西洋に浮かぶスペインの島だ。昔は漁業で栄えて日本人がたくさん住んでいて、日本人学校もあった。最近はリゾート地として人気がある。ずっと憧れていたが、遂に夢を実現するときが来た。この家は売ることにしたから、新しく住むところをさがしなさい」

「お父さんもお母さんも、退学届を出すまで黙っていたのよ。気遣いに感謝してね」

「……気の遣い方を間違ってるぞ」

言いたいことはいろいろあったが、夢を叶えた親に甘えるわけにもいかない。自力でなんとかしなくては、と思っていたときに声をかけてきたのが、十一歳年が離れた兄、栄達だった。

「うちの神社に住み込みで働くといい。壮馬になら、安心して仕事を頼める」

日本神話や神事の類いが大好きな兄貴は、源神社の娘・琴子さんと結婚し婿養子になった。いまはこの神社で、神職たちのトップに立つ宮司――一般企業でいうところの社長――をしながら、境内にある日本家屋に住んでいる。部屋が余っているから、そこに住めばいいという。

「神主」というのは通称で、正しくは「神職」。そんなことすら兄貴に教えられるまで知らなかった俺だが、ありがたく申し出を受け、すぐに引っ越した。神社の仕事なんて、お参りする人の相手を時々するくらいだろう。新しい道をさがす時間は充分ある。

そう思っていた。

源神社は、みなとみらい線元町・中華街駅とJR線石川町駅のほぼ中間に位置する汐汲坂を半分ほど上って、左に曲がったところにある。

朱色の鳥居をくぐり、短く急な階段を上った先にあるのは、大きな公園のように広々とした境内だ。長い石畳の参道は、参拝者がお参りする拝殿へと続く。末広がりの屋根が特徴的な、大きな建物である。拝殿奥の廊下は、主祭神である源義経が祀られた本殿につながっている。自刃したときに使った短刀・今剣が飛来してきたことがきっかけで、ここに祀られるようになったと伝えられているらしい。

いまでこそ人口四〇〇万人に迫る横浜市だが、江戸時代は百戸ほどの寒村だった。しかし開国を経て徐々に発展すると、源神社も賑わい始める。さらに一九二三年の関東大震災、一九四五年の横浜大空襲でも無傷だったことで、特別な神社と崇められるようになった。

というわけで現在の源神社は、参拝者が多い。近くに外国人墓地や、港の見える丘公園、横浜中華街などの観光名所があることが、それに拍車をかけている。

お守りやお札を求めてやってくる彼らに応対するのは、結構大変だ。人と話すのは苦手ではないが、引っ越し屋やイベントの設営といったバイトばかりしてきたので、なかなか慣れない。お祭りの案内状を送ったり、売上をエクセルに打ち込んだりといった事務作業も忙しい。

その合間に掃除だ。神社は絶えず清浄にしておかなければならないそうで、朝に掃除、夕方にも掃除、参拝者が玉砂利を荒らしたら臨時で掃除……と、とにかく掃除をさせられる。

地鎮祭などの儀式で出かけることも多く、その度にお供え物や、なにに使うのかわからない祭祀道具一式を運ぶという力仕事が待っている。

兄貴め。俺は体格がいいから、肉体労働にちょうどいいと思ったんじゃないか？

とどめが、久遠雫だ。

「僕ら神職は忙しいから、この子に指導してもらって——雫ちゃん、ご挨拶をどうぞ」

「初めまして。久遠雫と申します」

きれいに一礼する雫を見たときは、「この世にこんなきれいな子がいるのか」と見惚れてしまったのに。アイドルか女優かわからないが、とにかく誰かに似ている気がして、でも思い出せなくて、「好みのタイプだし、簡単に忘れるはずない」と焦っているうちにどぎまぎしてしまって、正面から見ることができなかったのに。

参拝者の前以外では笑わないことが気にはなっていたが、ここまで無愛想だとは。

神社で働き始めてから二週間、新しい道をさがすどころではない、参拝者に疲れた顔を見せないようにするだけで精一杯の毎日だ。

居候させてもらっている以上、すぐにやめるわけにも、手を抜くわけにもいかないが。

*

榊を買って源神社に戻った。境内は、周囲に生えた欅や桜などの大木と地形の影響で、外の音がほとんど聞こえない。参拝者が少ないときは、異世界に足を踏み入れたような、厳かな静寂に満ちている。

でも今日は、桜目当ての外国人観光客で賑やかだ。加えて、朗々とした声も響いている。若い女性の参拝者が何人か、うっとりした顔で声の主を見つめていた。

「□□□ナカレ、××スコヤカニ、△△△タマエ、○○タマエ」

伸ばした一音一音を区切るような独特の言い回しをしているのは、兄貴だった。祈禱の真っ最中らしい。なんと言っているのかさっぱりだが、拝殿で正座し、黒い烏帽子を被って浅葱色の狩衣を纏った後ろ姿は、威厳に満ちている。

兄貴の後ろでは、若い男女が頭を下げていた。

「安産祈願の祝詞です」

拝殿の前を横切る際、雫が小声で言った。

祝詞というのは、祈禱などの神事の際、神さまに読み上げる文章のことだ。

神職は、安産祈願にかぎらず、商売繁盛、業務成就など、願いごとに応じた祝詞を自作している。この祝詞にも、兄貴オリジナルのありがたい言葉が書かれているのだろう。

でもみんな、義経に安産祈願を求めることに抵抗はないのだろうか？

源神社は安産祈願のご利益があると評判で、祈禱の依頼が多い。オリジナルデザインのお守りも人気だ。義経の今剣をイメージした波線が描かれた品で、高齢出産した芸能人が持っていたことで話題になった。

ただ、義経と静御前の子どもは、生後すぐ、源頼朝に殺されている。無事に生まれたところで、その後のご利益があるとは思えない。

最近は、恋愛パワースポットのある縁結び神社としても人気急上昇中だが、こちらのご利益も疑問だ。

源義経は非業の死を遂げた武将で、安産も恋愛も関係ない。なのに、ご利益を求める勝手な参拝者を見ているうちに、もともと薄かった俺の信心は完全にゼロになった。

こんなこと誰にも言えないし、本当に勝手なのは俺なのだけれど――。

もやもやしたまま社務所に入った。お守りやお札を並べたり、祈禱を受け付けたりする、神社の事務全般を行う場所だ。木造の建物は、古いがしっかりしていて、趣がある。

地鎮祭に行く琴子さんに榊を渡し、入れ替わりで番をしていると、祈禱を終えた兄貴が戻ってきた。狩衣の下は、白衣と紫色の袴。この色の袴は、高位の神職だけが穿くことを許されるのだという。

先ほどの威厳を見れば、若くしてそういう地位に就いたこともわからなくはないが。

「どうだい、雫ちゃん？ 壮馬は、少しは慣れたかな？」

いまの口調は、ヘリウムガス並みに軽かった。

神事のときは荘厳なのに、普段はにこにこ顔の好青年。それが兄貴である。安産祈願のお守りも「義経公は、文武両道の才気あふれる英雄なんだ。我が子の分まで幸せに導いてくれるさ」と、ポスターをつくったり、マスコミの取材を受けたりと、嬉々として宣伝している。

このギャップと、細面の美形が、女性参拝者にはたまらないらしい。

「慣れたとは言えません。わたしの指導力不足です」

「雫ちゃんのせいじゃない。壮馬が信心ゼロなのがいけないんだ。もともと信心が薄かったけど、神社で働き始めてからゼロになったらしいよ。罰当たりな男だよね」

なんで知ってるんだよ？　心の声が聞こえたかのように、兄貴は俺に顔を向けた。

「この前、酔って捲し立ててたよ。ゼロになった理由は教えてくれなかったけどね」

「……いろいろ思うところがあるんですよ」

兄貴は宮司なので、雫の前では敬語を使わないといけない（そうしないと怒られる）。話しにくい、と思いながら返すと、雫が言った。

「どんな理由かはわかりませんが、そういうことならやめていただいた方が、ご本人にとっても、義経公にとってもよいのではないでしょうか」

真摯な眼差しと口調に惑わされかけたが、さりげなく俺のリストラを進言してないか？

「雫ちゃんの気持ちはわかるけど、雑用係として重宝しているからね。これから二人で、阿波野神社に行ってくれる？」

「無人神社ですか？」

俺の質問を受けた兄貴は「ぴんぽーん」と妙なリズムで言いながら、右手の人差し指を立てた。

「これから雫ちゃんと一緒に、阿波野神社のお手入れをしてきてね」

神社の主な収入源は、お守りやおみくじの代金、お賽銭、御朱印料、祈禱料、寄附などである。神職や巫女たちの給料は、ここから捻出される。大きな神社でないかぎり、やっていくのは大変だ。源神社も参拝者で賑わっているものの、懐は決して豊かではない。

というわけで、全国に約八万ある神社のうち、神職が常駐している神社は二万社ほど。ほとんどの神社は、普段は誰もいない無人神社である。こうした場所の管理は、近場の神社の神職が担当し、宮司も兼務する。

阿波野神社も、源神社が管理する神社の一つで、本牧にあった。元町からは車で約十分。鉄道空白地帯と聞いたので田舎っぽい景色を想像していたが、辺りは閑静な高級住宅街だった。

境内の広さは、学校の教室より少し大きい程度。桜のほか、背の高い木が何本も生え、鬱蒼としている。荒れた石畳の先には、古びた社殿があった。風雨に曝され変色した赤白の鈴の緒と、壊れかけた賽銭箱。小さな神社なので、拝殿と本殿が一緒になっている。その右手にある、大きな地震が来たら崩れそうな小屋が社務所だ。

まず社殿に参拝してから、雫、俺の順に、社務所で作務衣に着替えた。気合いを入れて掃除するときは、袴だと汚れてしまうので作務衣を着ることが多い。俺に与えられているのは、事務職員や、研修中の神職が穿く白い袴なので、特に汚れが目立つ。

でも掃除したところで、参拝する人なんているのか？

そう思ったが、社務所から出ると、おばあちゃんが社殿に熱心に手を合わせていた。境内の隅で猫が「にゃー」と鳴くと、おばあちゃんは振り返り、よたよたと近づいていく。猫は、全身をびくりとさせて逃げ出す。それを見たおばあちゃんは、微苦笑を浮かべた。

……がんばって、きれいにするか。

「壮馬さんは掃き掃除をしてください。わたしは鳥居と社殿を清めます」

気合いを入れた俺に、雫は、いつも以上に凜(りん)とした声音で言った。

早速、箒(ほうき)で境内を掃き清める。桜の花びらは、掃いても掃いても降ってくる。これに関しては適当なところで切り上げるとして、問題なのはゴミだった。

ジュースの空き缶や、おでんの容器などが方々に散乱している。

「若い人たちの溜まり場になっているのかもしれませんね」

雫が、社殿の壁を布で拭きながら言った。

「神社を訪れてくれることはうれしいですけれど、マナーが守られていないのは残念です。傷もつけられてますし」

大きな瞳が、桜に向けられる。

社殿の左に立つ桜の幹には、小さいが、なにかを突き刺したような跡がいくつもあった。高さは、俺の目線より少し下くらい。なにをしてこんな傷がついたのか知らないが、まだ新しいようだ。舞い落ちる花びらが、桜の涙のように見えてしまう。

「この神社の方ですよね」

不意に声が飛んできた。いつの間にか社殿の前に、小柄な女性が立っている。藍色のセーターとロングスカート。一見、女子学生のようだが、四十歳はすぎているだろう。

雫は、一瞬にして愛想のいい笑顔を浮かべて一礼する。

「はい。久遠雫と申します。こちらは坂本壮馬」

「まあ、ご丁寧に。佐々岡慶子です」

はきはきしたしゃべり方だ。感じのいい人だな、と思ったら、佐々岡さんは一転して眉間にしわを寄せる。

「心霊動画のせいで、夜中に若い人たちが騒いで迷惑してます。なんとかしてください」

2

「これ、血じゃないか？」

震える指が、木の根元に付着した赤い液体を差す。

「別にびびることねえだろ」

「でも夜の神社って不気味だし……なんかヤバいやつかも」

カメラが社殿に向けられる。闇に沈んだ社殿は、昼間よりも一層寂れて見えた。

「気にしすぎだろ」

「そうそう。誰かが怪我しただけだってば」

「でも、さっきまで血なんてなかったような……」

カメラが根元に戻される。その瞬間、『うおっ?』と三つの声が重なった。

根元に付着していた液体が、跡形もなく消え失せていたからだ――。

＊

佐々岡さんはスマホで、俺たちにこの動画を見せてきた。

YouTube にアップされた動画のタイトルは「阿波野神社で心霊現象に遭遇!」。撮影者の顔は映っていないが、声の雰囲気や、ちらりと映った指先からすると中学生か高校生のようだ。

「一週間前にこの動画がアップされてから、ここは心霊スポットになって、若い人たちが夜中に騒いでいるんです。なんとかしてください。悪霊(あくりょう)退散のお祓(はら)いをして、そのことをしっかり告知するというのはいかがでしょうか」

「俺――いや、私が決めるわけにはいきませんが、お祓いというのは、ちょっと……」

「もちろん、そんなものに効果があるとは思ってませんよ。所詮(しょせん)、神社の儀式なんて役立たずですからね。形だけでいいんです。悪い噂を消すために、お願いします」

「そう言われましても……」

「お祓いの必要はありません。この動画は合成ですから」

言葉に詰まっていると、雫が言った。いつの間にか自分のスマホで、動画を見ている。

「たぶん、これは血ではなくて、絵の具かなにか。木の根元に塗って撮影してから拭き取り、改めて撮影した。拭き取るのに手間取ったか、濡(ぬ)れた布で拭いたせいで乾くまで待たなくてはならなかったか。いずれにせよ、後半の映像を撮るまで少し時間がかかったはず。それを編集して、カメラが一瞬で社殿から根元に戻ったように見せているだけです」

「どうしてそんなことがわかるの？」

「月明かりで、木の影ができてますよね。絵の具を見つけたときの影は、消えた後のものと角度が違う。月が昇っている、つまり、時間が経過している証拠です」

違うかな、角度？　俺にはほとんど同じに見える。

心霊現象なんてあるはずないから、よく見たら、雫の言うとおりなのだろうが……。

「コメント欄が閉鎖されているのは、このことを指摘されないようにするためでしょう。投稿者がなにを考えてこんなクオリティーの低い動画をつくったのか、さっぱりわかりません」

俺の疑問とは関係なく、雫は言葉を紡いでいく。それにつれ、顔からも声からも、どんどん愛嬌が抜け落ちていった。佐々岡さんが困惑の面持ちになる。

「そういうわけですので」

無表情を振り払うかのように、雫は目一杯微笑んだ。

「この動画はインチキですから、お祓いはしなくて大丈夫。すぐに飽きられます」

「それまで我慢しろ、と？　そんなの困りますよ。このままだと息子が……」

佐々岡さんは言葉を切ると、少しヒステリックな声で言う。

「とにかく！　毎晩のように夜中に大騒ぎしてるんですよ。あなたたちの神社なんだから、徹夜で見張るくらいしてください」

「お望みとあれば。今夜から早速、見張ります」

「だめですよ。雫さんは、まだ十六歳でしょう」

慌てて口を挟んだ俺を、雫は冷たい瞳で見上げてきた。

「来月には十七歳になりますけれど」

「未成年であることは変わらないんだから、徹夜させるわけにはいきません」

なおも反論しようとする雫に構わず、俺は佐々岡さんに言う。

「警察には相談しましたか？　その方が効果がありますよ」

「相談したけど、なにもしてくれませんでした。久遠さんがその気なんだから、徹夜で見張ってくださいよ。夜中に集まってくる連中を、一人残らず追い払えばいいでしょう」

どれだけ騒がしいのか知らないが、ちょっと神経質すぎないか？

「なら、立て札です。静かにするよう呼びかける立て札を立てれば、効果があります」

本当は、効果のほどはわからない。でも雫が言ったとおり、あんな動画はすぐに飽きられる。それまでの時間稼ぎだ。

「わたしたちが徹夜で見張った方がいいと思います。立て札にそれほど抑止力は――」

「いきなり見張ったりしたら、神社に来る人を威嚇することになりますよ！」

雫の言葉を強引に遮る。軽く顎を上げた雫は、しばらく考えた末に口を開いた。

「そうですね――申し訳ありません、佐々岡さん。ひとまず立て札で、ご容赦ください」

＊

源神社の社務所は、拝殿に向かって右手にある。その裏に建つ二階建ての日本家屋が兄貴の家、草壁（くさかべ）家。俺の居候先だ。

「それで立て札をつくったの？」

居間にて。夕食を終え、日本酒の入ったぐい飲みを傾けてから、兄貴は言った。

源神社では、午後六時に本殿に集まり、義経に平穏無事に一日をすごせたことへの感謝を捧げる夕拝（ゆうはい）をして奉務（ほうむ）を終える。いまは俺も兄貴も、長袖シャツにジーンズというラフな服装だ。

「佐々岡さんには『徹夜で見張ってください』と粘られたけど、雫さんが押し切った」

ああいうときの雫は頼もしい。佐々岡さんは、不満そうにしながらも帰っていった。

それからホームセンターで材料を買い集めた雫は、手早く立て札をつくり、おそるべき達筆で、静かにするよう呼びかける文言（もんごん）を書き上げたのだった。

俺の話を聞いた兄貴は、愉快そうに肩を揺らす。

「雫ちゃんはしっかりしてるし、かわいいし、最高だ。琴子さんにはかなわないけどさ」

「女性を比較するようなことを言うもんじゃないよ、栄（えい）ちゃん。本当のことでもね」

カタログから顔を上げた琴子さんは口の端をつり上げ、さらりと自信過剰なことを言う。
琴子さんは先代の宮司の一人娘で、子どものころから神職になると決めていたそうだ。
宮司は世襲制だけでなく、神職や、その神社を支える人々の話し合いで決められること
もある。とはいえ現実には血縁を重視することが多く、三年前、先代が亡くなったときは
琴子さんを宮司に推す声もあった。でも最終的には満場一致で、既に琴子さんと結婚して
いた兄貴に決定。兄貴は、琴子さんと神職の資格が取れる大学で知り合ったが、そのころ
から成績優秀で人望も篤く、将来を嘱望されていたから当然の人選らしい——俺には、
とても信じられないが。

ちなみに琴子さんが眺めていたのは、ファッションでもインテリアでもなく、神具のカ
タログだ。神棚や、お供え物を載せる陶磁器など、神社で使う道具一式が掲載されている。

「ところで壮ちゃん。その抗議してきた佐々岡慶子さんって、どんな人だった？」

「感じがいいけど、ちょっとヒステリックなところがある女性です。年は四十すぎかな」

琴子さんの猫を思わせる目が、すう、と細くなる。兄貴も「ああ」と頷いた。

「兄貴たちの知り合いか？」

「半年前、祈禱を受けにきたんだよ。息子のひきこもりを治してほしい、ってね」

神職が行う祈禱やお祓いの種類はさまざまだ。三歳、五歳、七歳の子どもの成長を祝う

七五三や、厄年をつつがなくすごすための厄除けなど、数え上げればきりがない。中には「人に見られると自分に呪いが返ってくるそうだから、こちらでやってもらえませんか」と、藁人形と五寸釘持参で丑の刻参りの依頼をしてくる人もいる（もちろん、丁重にお断りする）。

　とはいえ。

「ひきこもりが治りますように、なんて祈禱をやったのか？」

「気は進まなかったよ。息子は『呪い殺す方法を教えてくれるというから来たのに騙された』とふてくされていたし、原因をなんとかしないかぎり解決する問題じゃない。『お子さんのためには、祈禱の前にすることがあるのではないですか』と諭しはした」

「良心的だな。兄貴なら、祈禱料ほしさで即座に受けそうなのに」

「後から難癖つけられたら面倒だしね。でも先方が『夫が単身赴任で頼れる人がいなくて、藁にもすがる思いなんです』と必死だから、祈禱料を一・五倍出すという条件で引き受けた」

　前言撤回。

「でも、結局ひきこもりは変わらなかった。先月だったかな、佐々岡さんが源神社に来て、『こういう儀式はあてにならないんですね』と皮肉を言われたよ」

佐々岡さんがお祓いについて「所詮、神社の儀式なんて役立たず」と言っていたのは、そのせいか。息子を溺愛しているからこそ出てきた言葉なのだろう。

――それまで我慢しろ、と？　そんなの困りますよ。このままだと息子が……。

あの後、「ひきこもりで、神経質になっている」と続けようとしたのかもしれない。

「佐々岡さんは、見た目からは意外なほど強引だったからねえ。僕も手を焼いたよ。雫ちゃんは、よく立て札だけで押し切ったもんだ。本当に頼りになる」

「頼りになるのは間違いないけど、あの子は一体どういう子なんだ？」

雫は入浴中なので聞こえるはずはないが、それでも声を潜める。

「うちの神社の神職は、兄貴と琴子さんを合わせて四人。巫女さんは、必要なときに臨時で雇っていたんだろう。なのに、あの子は住み込みで働いている。しかも、まだ十六歳。学校には行ってないのか？　親御さんはどうしてるんだ？」

今年の二月に源神社に奉職した、琴子さんの遠縁で、北海道札幌市にある神社の娘。それ以外、俺は雫のことをなにも知らない。

俺より一ヵ月先輩なだけなのに源神社のことに詳しいから、相当勉強したようだが。

俺の問いに、兄貴はこわいほど真剣な顔つきになった。

「もちろん、僕と琴子さんの未来の義妹さ。そのために雫ちゃんに、壮馬の教育係になってもらったんだ。年の近い男女が一緒に働いていれば、自然と恋愛感情が芽生えるはず」

「期待してるよ、壮ちゃん」

……また、これか。

この宮司夫婦は、俺と雫をくっつけたくて仕方ないのだ。だから、やたらと一緒に行動させるし、「壮馬さん」「雫さん」と互いを下の名前で呼ばせている。

「雫ちゃんを僕らの手許に置いておくためには、壮馬が結婚するしかない。傍目には不釣り合いに見えるけど、壮馬が悪い男じゃないことは、僕がちゃんとわかってるから。僕と見た目はなに一つ似ていないけど、よく見ればそれなりにいい顔をしていないこともないから」

「栄ちゃんだけじゃない。私だってそう思ってるよ。周りの目なんて気にするな」

「勝手に応援しておきながら貶めるな。それよりちゃんと答えてくれ」

「僕らは雫ちゃんのプライベートについて答えるつもりはない。直接訊いてごらんよ」

「一度訊いたら、『奉務となにか関係があるんですか？』と冷たく返されたんだ」

「なら、彼女が心を開いてくれるようにがんばるしかないね」

「あんな冷徹少女が心を開いてくれるはずない」

「壮馬はわかってないなあ。雫ちゃんは、とっても優しいじゃないか」

優しい？　雫が？

「どこがだよ⁉」

俺の心からの叫びが家中に響き渡った。

次の日の朝早く、佐々岡さんから電話がかかってきた。

阿波野神社で夜中に花火がぶっ放され、これまでで最大級の騒ぎが起こったという――。

3

日本の神社の多くは、宗教法人・神社本庁に所属している。源神社が所属しているのは、それに次ぐ規模の宗教法人・神社本家だ。

「僕は本家の会合があるし、琴子さんたちも祈禱の依頼で動けない。阿波野神社の件は壮馬と雫ちゃんに任せた」

「雫ちゃんにいいところを見せるチャンスだな、壮ちゃん。ファイト！」

世話焼き宮司夫妻に送り出され、俺と雫は昨日に続いて阿波野神社にやって来た。

〈立て札なんて、なんの役にも立たなかったじゃないですか。とにかく今日、家に来てく

〈それから境内がどうなっているか、じっくり案内させてもらいます！〉

佐々岡さんから電話でそう言われたのに、なぜか雫が「神社を見てから行きたいです」と言い出したので、先にこちらに来たのだ。

境内は、一見、昨日と変わりない。色褪せた鳥居、荒れた石畳、古びた社務所と社殿。

異変は、その社殿の裏手にあった。

ねずみ花火、ロケット花火、打ち上げ花火……その他大量の花火の燃え殻が、地面に積もった桜の花びらの上に散乱している。それを見下ろした雫は息をつき、社殿へと目を向ける。

昨日、掃除したばかりの壁には、焦げ跡がついていた。眉をうっすらひそめた雫は、そのまま社殿の隣の桜の木へと歩いていく。放っておけなくて、俺も後に続いた。

幹の傷は、昨日から増えていないようだった。これに関してはよかったが。

「立て札は無意味どころか、却って反発を招いてしまったのかもしれませんね」

俺は、申し訳ない気持ちで言う。

社殿のすぐ脇に立てた雫お手製の立て札は、無惨に倒されていた。雫の白い頬をかすめるように、花びらがはらりと舞い落ちていく。ますます申し訳なくなる。

「壮馬さんがなんと言おうと、やはり立て札だけで済ませるべきではありませんでした。

今夜こそ、夜通し見張ります。これから佐々岡さんの家に行って、そうお話しします」

くそ、結局こうなるのか。


阿波野神社の鳥居をくぐったところで、神社のすぐ隣にある家からおばあちゃんが出てきた。昨日、野良猫を愛(め)でようとした、あのおばあちゃんだ。

「壮馬さん、先に行ってください。わたしは、あの方とお話ししてから行きます」

「話すって、なにを?」

「時機が来たら教えます」

ぴしゃりと言われた俺は、仕方なく、一人で佐々岡家に向かった。途中、いかにもセレブといった服装の、主婦らしき女性二人組とすれ違う。

「花火はうるさかったけど、人魂(ひとだま)よりはマシよね」

「それはそうよ。花火は説明がつくけど、人魂はつかないもの」

「す……すみません。いま、『人魂』とおっしゃいました?」

予期せぬ言葉に、反射的に声をかけてしまう。女性たちはそろって不審そうな顔をしたが、俺の白衣白袴を見て、神社関係者だと察したらしい。頷くと、交互に話し始める。

「人魂を見たという人が何人かいるんですよ」

「夜中に、ちらちらと飛んでいて。でも近づこうとしたら、すぐに消えたそうです」

「その後で、変な動画までアップされたでしょう」

「心霊スポットになって当然ですよ。呪われてるんじゃありません、あそこの神社？」

人魂の目撃情報……ごくり、と唾（つば）を呑み込んでしまう。雫は動画を「合成」と決めつけたが、影の角度はやっぱり同じだったのではないか？　本物の心霊現象だったのではないか？　「そんなはずあるか」と笑い飛ばそうとしても、鳥肌が立つ。

女性たちは用事があるそうで、すぐに去っていった。俺は鳥肌が完全には消えないまま、再び佐々岡家に向かう。阿波野神社から少し歩いたところ、角を曲がった先にあった。こんなところにまで声が届くなんて、どれほど騒がしいのか。

なんとはなしに佐々岡家を見上げる。白壁の大きな家だった。二階に、カーテンが閉められた窓がある。その隙間（すきま）から、誰かがこちらを見下ろしていた。

あれは、もしかして……。スマホをいじるふりをしながら窓に背を向け、自撮りの要領でカメラのレンズを自分側に切り替えた。さりげなく移動してスマホの角度を調整し、見下ろす「誰か」が映る位置に立つ。

ディスプレイに映ったのは、高校生くらいの少年だった。二階から俺を見ているのに、地の底から見上げているような暗い目つきだ。家の中なのに、なぜか頭には青いニット帽。

ひきこもりの息子に違いない。

俺が見ていることに気づいたのか、佐々岡息子はぴしゃりとカーテンを閉めた。

「お待たせしました」

ようやく雫がやって来た。心なしか、声がかすれている。

「声、どうしたんですか」

「どうもしてません。それより、待っている間に変わったことはありませんでしたか」

妙な質問だと思いつつ、人魂の目撃情報について話す。

「ありえないとは思いますが、万が一、本物の人魂なら、あの動画も合成とは——」

「合成です」

俺の言葉をばっさり断ち切り、雫は「ほかに変わったことは？」と促してくる。

「特にありませんが、例のひきこもりの息子を見ました」

「合成」には納得できなかったが、佐々岡息子の話をすると、雫は二階の窓を見上げた。

「佐々岡さんのお子さん、晃一くんは、わたしと同い年。小学校、中学校では優等生で、何度も学級委員をやったけれど、高校に入ってから、ひきこもりになったそうです」

「どうして知ってるんです？」

「さっきのおばあさま——志乃さんに聞きました。晃一くんのことは子どものころからかわいがっていたそうで、いろいろと知っていたんです」

「学級委員をしてたなんて想像もできないな。なにが原因なんでしょうね」

「いじめです」

短いが、重たい答えだった。

「YouTubeにアニメや声優に関する動画をアップしていたことを知られて、ばかにされ、動画もアップできなくなった——晃一くんはそう主張しましたが、学校側は『いじめは確認できなかった』の一点張り。首謀者とされる生徒は言葉の暴力だけで、身体(からだ)を傷つけたり、金銭を要求したりする行為は避けていた。晃一くんと一緒に抗議していた佐々岡さんも、証拠がなくてあきらめるしかなかった。その無力感から、晃一くんは外に出られなくなりました。夜中に出歩いている姿を見た人もいたけれど、ここ一週間ほどは、それもなくなったようです」

そんな事情があったのか。

佐々岡さんが息子のために神経質になるのも、無理はないかもしれない……。

インターホンを鳴らし、来訪を告げる。玄関ドアを開けた佐々岡さんの両目は、くまに縁取られ、わずかにつり上がっていた。俺がなにか言う前に、雫は深々と頭を下げる。

「この度は、誠に申し訳ございませんでした。いま、阿波野神社を見てきました。社殿の壁が焦げてましたね。かなりの騒ぎだったと思います」

「なんで行ったの？　先に家に来るように言ったじゃない！」

思いのほか強い声だった。雫は顔色一つ変えなかったが、俺は顔が強ばってしまう。

「……ごめんなさい。昨日はあまり眠れなかったから、つい」

語尾に重なるように、二階からなにかを殴るような音が聞こえてきた。佐々岡さんは再び「ごめんなさい」と口にして、階段を駆け上がっていく。二階から「学校とは関係のない人たちだから」「またお金？　五千円でいいのね」といった声が聞こえてくる。

家から出ないのに、なんで現金をほしがるんだ？　佐々岡さんも、そう言えばいいのに。でも単身赴任の夫の分まで一人で息子を支えているのかと思うと、胸が痛む。

しばらくしてから下りてきた佐々岡さんは、一層疲れて見えた。しかし、息子とのやり取りなどなかったように「昨日の夜は大変だったんですよ」と切り出す。

佐々岡さんによると、午前一時すぎ、突如、花火を打ち上げる音が響き渡ったのだという。あまりのやかましさに通報したが、警察が駆けつけたときにはもう、神社には誰もいなかった。

「お巡りさんには、夜中にうるさくて迷惑していることも話しましたが、どこまで真剣に考えてくれたか。『近所迷惑なのは間違いないけど、結局は花火をやって騒いでいただけですね』で済まされてしまったし」

「本当に申し訳ございません。今夜は絶対、徹夜で見張らせていただきますから」

「昨日も言ったけど、雫さんは未成年なんだから――」

「徹夜で、見張らせていただきます」

俺の最後の抵抗は、有無を言わせぬ口調で退けられた。佐々岡さんも頷く。

「久遠さんの年齢は関係ありません。責任をもって解決してください」

一日か二日見張ったところで、人が来なくなることはないだろう。これから何日も、雫はあの神社で夜をすごすことになる。相手によっては、危ない目に遭うことだって……ありえないとは思うが、本物の心霊現象に遭遇するかもしれないし……。

「お任せください。わたしの考えが正しければ、今夜中に解決します」

気が重くなっていたので、雫が口にした言葉の意味がすぐにはわからなかった。

「お願いしますね。本当に、本当に迷惑してるんですから」

俺と違って疑問を抱く余裕もないのか、佐々岡さんはすがりつくように言った。

「どうして今夜中に解決するんですか？」

俺が何度訊ねても、雫は「確証が持てるまでお話しできません」と教えてくれない。

それから一旦、源神社に戻った。雫をとめてほしくて、会合から帰ってきた兄貴に事情を話す。すると兄貴は、笑って言った。

「雫ちゃんがそう言うなら今夜中に解決するよ。名探偵だからね」

「名探偵？　推理小説によく出てくる、あれのことか？」

「そうだよ。生まれつき頭の回転が速い上に、実家の神社を手伝っているうちにいろいろな参拝者と接して、観察眼と推理力が鍛えられたらしい。壮馬が来る前にも、何度か謎を解いたことがあるんだよ。今回も、雫ちゃんに任せよう」

納得できなかったが、どうすることもできないうちに夜になった。神社関係者だと一目でわかるように、俺は白衣白袴、雫は巫女装束のまま阿波野神社に行き、社殿に入る。どんな人たちが来るのか、隠れて様子を見たいのだという。月明かりに照らされているので、木連格子の戸を通して境内の様子がよく見える。

夜の神社は不思議だった。鳥居や石畳、狛犬などが夜を纏って青白く染まり、妖気のようなものが漂っている気さえする。まだまだ散り続ける桜は昼間の華やかさから一転して妖艶だし、人魂の目撃情報を聞いたせいで余計にそう感じるのか——などと外に意識を向けようとしているのは、傍らの雫が気になって仕方ないからだった。

暗がりの中、狭い空間に二人きりでいると……三月にしては肌寒いので、自然と身を寄せ合ってしまうし……呼吸も体温も、はっきり感じ取れる……夜に染まった横顔は、普段とはまた違った魅力が……。

「驚きました」

境内を見据えたまま、唐突に雫は言った。俺は、声が裏返るのを辛うじてこらえて応じる。

「な……なにがです？」

「壮馬さんが、わたしと一緒に来てくれたことです。あんなに反対していたのに」

「十六歳の女の子に、一人で徹夜させるわけにはいきませんからね。それに、相手がどんな連中かわからないんですよ。危なすぎる」

「合気道をやっていましたから、ご心配なく」

合気道か。体格（ガタイ）がいいだけの俺より強いかもしれないな。でも。

「そういう問題じゃないし、俺が立て札で済ませようとしたせいで、却って騒ぎが大きくなった。なら、ボディーガード代わりについてくるのが責任というものでしょう」

「なるほど」

雫は首を動かすと、大きな瞳で俺を睨み上げた。

……なぜ、睨まれないといけないんだ？

「なにを怒ってるんですか？」

「怒ってません。感動と反省をしているんです。わたしは、壮馬さんのことを誤解していました。いい加減な気持ちで大学を中退して行くあてもないから神社に奉職したけれど、予想外に仕事がきつくて日々の生活に嫌気が差して、つまらなそうな顔をしているものだとばかり」

「……神社の仕事に慣れなくて、疲れた顔を見せないようにするのに精一杯なだけです」

「そうだったんですね。失礼しました。お許しください」

「いや、お気になさらず……」

一礼された俺は、ぎくしゃくしながら頭を下げ返す。その直後だった。

「はくしゅっ！」

雫のくしゃみが、夜のしじまを突き破った。普段の言動からは想像できない、かわいらしいくしゃみだ。しかし雫は、何事もなかったような顔をして訊ねてくる。

「どうして大学をやめたんですか」

「それは、いま訊くことですか」

「誰か来たらそちらを優先しますが、お嫌でなければ」

自分のことは話したがらないくせに。

「別に、隠すほどのことじゃないですしね」

境内に視線を固定して、俺は話し始める。

先輩がいた。さわやかで優しくて、頭も運動神経もいい。小学校からの知り合いで、「こういう男になりたい」と思える、憧れの先輩だった。

その人は「子どもたちの笑顔が見たい」と、小学校の教師を志望した。いい教師になれると、俺も友人もゼミの教授も、たぶん本人も、信じて疑っていなかった。

でも教師になって一年と少し経った、去年の五月。

その人は、自殺した。

「雑務だけじゃない、モンスターペアレントの対応まで押しつけられた挙げ句、クラブ活動の顧問までさせられて休みはなし。それで追い詰められた先輩は、車で崖から……」

〈疲れた〉

死ぬ直前、先輩は親のスマホに、その一言だけメールしたそうだ。

「俺も先輩と同じで、子どもたちの笑顔が見たくて、先生を目指して大学に入ったけど、自信がなくなって……休学して十ヵ月近く悩んだけど、教師をしている自分をどうしても想像できなくて……。だからやめたんだ、大学。『先輩すら無理だったんだから仕方ない』と言い訳して。要は、逃げる口実に先輩を利用したんだ。最低だよ」

神道では、死んでから祀られた「元人間」の神さまがたくさんいるという。源義経のように、息子を殺されたのに、非業の死を遂げたのに、ご利益があると祀られている元人間も。

それが、亡くなった人を生きている人の都合で利用しているようで、どうしても先輩のことを思い出してしまって、参拝している人を見る度に胸がざわめいて、だから俺は。

神社に奉職してから、信心ゼロになった。

「雫さんは間違ってないよ。いい加減な気持ちで中退したんだ、俺は」

自嘲気味に鼻を鳴らして、我に返った。

雫に、敬語を使ってない。

「し……失礼しました。昔のことを思い出してしまって、つい敬語が……」

「回想を語るときは、敬語を使わなくてもいいことにします」

雫は、俺を睨むように見上げたまま、よくわからないルールを口にして続ける。

「十ヵ月も悩んだなら、いい加減な気持ちではないでしょう。自分の行動を、いい加減な言葉で総括しないでください」

「すみません」

「謝らないでください。励ますつもりで言ったのですから」

「そうなんですか？」

叱られているようにしか聞こえなかったが、雫は頷いた後、「でも」と、木連格子の向こうに視線を向けた。

「その先輩は、間違った選択をしました。自殺なんてしてはいけないんです……絶対」

一般論を口にしただけだとは思う。でも、気のせいだろうか。

暗くてはっきりとは見えないが、大きな瞳が揺らめいているような……。

「来ましたね」

俺が見極める前に、雫は言った。俺と同世代の男女が、境内に入ってくる。距離の近さから恋人同士であることがわかる。二人は小声でなにやら話しながら、社殿の階段に腰を下ろした。

雫が、立てた人差し指を唇に当てる。すぐに注意しなくていいのか？　意図がわからなかったが、ひとまず頷いた。

二人は仲睦まじそうに話し出す。小声なのではっきり聞こえないが、つき合い始めたばかりのようだ。桜を眺めながら、笑い合い、こづき合い、完全に自分たちだけの世界に浸り切っている。

どこからか救急車のサイレンが聞こえてきたが、そちらにはなんの関心も示さない。

「そろそろ行こうか」

「そうね。昨日、あんな騒ぎがあったしね」

立ち上がった二人は、鳥居に向かって少し歩いたところで見つめ合い、唇を近づけていく。さすがに見たらだめだな。俺が目を背けるのと同時に。

雫が、社殿の戸を開けた。

『うおっ⁉』

カップルが驚愕の悲鳴を上げる。俺の方は、突然の行動に声を上げることすらできない。

雫は社殿から出ると、「こんばんは」と朗(ほが)らかに挨拶した。

「昨夜の花火騒ぎについて調べています。いくつか質問に答えてください」

「し……調べてるって……なんでよ？」

「質問しているのは、わたしです」

『は……はいっ！』

雫に質問する権利なんてないのに、カップルの背筋がそろって伸びる。

「『昨日、あんな騒ぎがあった』と言いましたよね。昨夜もここに来たのですか」

「……昨日だけじゃない。時々来てる。私ら、この近くに住んでるから」

女性が答える。こういうときは、男性より女性の方が我に返るのが早いようだ。

「ここ、雰囲気あるし。最近は、いろんな人が出入りしているからちょっといづらかったけど。ネットに心霊動画がアップされて、それ目当てに暇人が集まってたみたいね」

「あなたたちは小声で話していましたが、その人たちは？」

「静かなもんだったよ。騒いだら、幽霊が出ないと思ったんじゃない？　昨日だけだよ、あんな騒ぎになったのは」

佐々岡さんの話と食い違う。どういうことだ？

雫は「ありがとうございました」と一礼するなり、すたすた歩いていく。呆気に取られるカップルに頭を下げた俺は、急いで雫の後を追う。

「どこに行くんですか」

「佐々岡さんの家です」

夜を振り払うような力強い眼差しで、雫は言い切る。

「真相がわかりましたから」

4

佐々岡家を訪れたのは、午後十一時半すぎだった。

「こんな時間になんのご用ですか」

佐々岡さんの声は険しかった。パジャマの上にカーディガンを羽織っただけで、すっぴんだ。玄関の照明が薄暗いのは、そのせいだろう。

「佐々岡さんの嘘を指摘しに参りました」

はらはらする俺の傍らで、雫は愛嬌あふれる笑顔で話し出す。

「心霊動画のせいで、夜中、阿波野神社に若い人たちが集まって騒いでいる。佐々岡さんはそうおっしゃってましたけど、嘘ですよね。阿波野神社に夜中、人が集まっていたことは事実。でも彼らは、できるだけ静かにしていたんです」

「さっき神社に来ていたカップルが、そう言ってましたよね。でも、あの二人の話だけではなんとも言えないし、とにかく今夜は……」

お茶を濁そうとする俺に、雫は「根拠はほかにもありますよ」と首を横に振ってから佐々岡さんに言う。

「阿波野神社のすぐ傍に住んでいる志乃さん、ご存じですよね。あの方に、阿波野神社が夜中うるさいか訊いてみました。『別にうるさくはない』とおっしゃっていましたよ」

昼間、俺を先にこの家に行かせたときに訊いたのだろう。

佐々岡さんが、不機嫌そうに顔をしかめる。

「志乃さんはお年だから耳が遠くて、騒がしくても気づかないんじゃないですか」

「志乃さんの耳は遠くなっていません。境内で野良猫が鳴いたとき、すぐにそちらを見ていましたから」

昨日見た風景が脳裏に蘇る。熱心にお祈りしていた志乃さんは、境内の隅で野良猫が「にゃー」と鳴くと、よたよたと近づいていった……。

「昼間、わたしは様子を見るため、先に神社に行きました。そのことに、佐々岡さんはむっとしていましたよね。あれは、わたしたちが近所の人たちに話を聞いて、昨夜以外は騒ぎが嘘であることを知られたかもしれない、と焦ったからだったんです」

「志乃さんには気にならなくても、我が家にとっては騒音なんです」

「でも坂本も、騒音が聞こえませんでしたよ」

急に話を振られて当惑する俺に、雫は言う。

「わたしが志乃さんと話をしている間に、先にここに来てもらいましたよね。あのときわたしは、境内で大きな声で叫んだんです。でも壮馬さんは、なにも聞こえなかったでしょう。変わったことはなかった、と言ってましたものね。志乃さんに確認しましたが、わたしが出した以上の声を夜中に聞いたことはないそうです」

心なしか雫の声がかすれていたのは、そういうわけだったのか。

「神社を溜まり場にしている人たちは、節度を守って静かにしていたようですね。でも佐々岡さんにとっては、『深夜の神社に人がいる』という状況自体が困ることだった。だからわたしたちに人払いさせようとしたけれど、立て札だけで済ませてしまった。そこで自分で花火をやって、わたしたちが徹夜で見張るしかないように仕向けたんです」

花火は佐々岡さんの自作自演？　信じられなかったが、強ばった彼女の顔が、雫の指摘が正しいことを物語っていた。

「どうして佐々岡さんは、そこまでして神社を無人にしたかったんです？」

「丑の刻参り」

雫の言葉に佐々岡さんは息を呑んだが、俺には訳がわからない。

「丑の刻参りって、藁人形に五寸釘を打ち込む、あれですよね？」

「そうです。丑の刻――午前一時から三時ごろに神社の御神木(ごしんぼく)に藁人形を打ちつけ、憎(にく)い相手を呪う儀式です。これをやっていたせいで、境内の桜には傷がついていた。丑の刻参りをしているところを誰かに見られたら、自分自身に呪いが返ってくるという俗信があります。だから佐々岡さんは、阿波野神社に人が来ないようにしたかった」

「いい年した大人が、そんなことをやるはずありません。しかも佐々岡さんは、源神社(うち)の祈禱に効果がなかったから、『神社の儀式なんて役立たず』と言っていたんですよ」

「佐々岡さんはやらないでしょうね。でも、晃一くんなら？」

虚を衝かれた。

家の中なのにニット帽を被り、暗い目をした少年。あの子は祈禱に来た際、「呪い殺す方法を教えてくれるというから来たのに騙された」とふてくされていたという……。

「丑の刻参りをしていたのは、晃一くんです。ひきこもりの彼が、唯一、外に出る用事。それが丑の刻参りだった。でも一週間前、心霊動画がアップされて人が集まるようになってから、自分に呪いが返ってくることをおそれ、それすらしなくなった――佐々岡さんはそう思っている。だから、神社に人が来ないようにしたかったんです」

「月明かりだけでは暗くて、藁人形に釘を打てません。そこで晃一くんは、蠟燭を明かりにしました。その火のゆらめきが、遠目に人魂のように見えた。人の気配を感じると火を隠したので、消えたようにも見えた。ちなみに丑の刻参りは、七日続けた後に蠟燭で藁人形を燃やすのが流儀という言い伝えもあります。それもあって、蠟燭を使ったのでしょう。さすがにあそこで燃やしては目立つし、火事のおそれもあるから避けたでしょうけれど」

人魂の正体は蠟燭の火――だから雫は、俺が人魂の話をしても、動画を「合成です」と言い切ったんだ。

影の角度は、雫の言うとおり、やはり違っていたのだろう。

「晃一くんは、この一週間ほど夜中に出歩くところを目撃されていません。丑の刻参りにすら行っていない、ということです」

「……証拠もないのに決めつけるのはやめてもらえます？」

「では、どうして『夜中に神社がうるさい』などと嘘をついたのですか」

佐々岡さんは両手でカーディガンの裾をきつく握りしめ、押し黙ってしまう。

「じゃあこんなことをした理由は、息子に丑の刻参りを再開させるため？」

――それまで我慢しろ、と？　そんなの困りますよ。このままだと息子が……。

あの後、佐々岡さんは「丑の刻参りができない」と続けようとしたのか！

呆気に取られる俺に、佐々岡さんは開き直ったように笑った。

「親の気持ちなんて、あなたにはわからないでしょうね。いくら説得しても、頼んでも、物で釣っても、あの子は出てこない。神頼みもだめだった。だったら、人を呪うためだろうとなんだろうと、外に出るチャンスをつぶすわけにはいかないじゃないですか。

こっそり晃一の後をつけて、藁人形に釘を打っている姿を見たときは驚きましたよ。あいうの、いまどきはAmazonでも買えるみたいですね。とめようとしたけど、あの子は『死ね、園田（そのだ）！』と吐き捨てていました。あの子をいじめていた奴の名前です。ほかの連中の名前も、たくさん。七日どころじゃない、もう何日もやってました。よっぽど恨んでいるのでしょうね。なら、好きにやらせた方がいいと思ったんです。ストレスの発散にもなります。実際、丑の刻参りに行けなくなってからずっと、あの子は苛立ってますから。外に出ないのに、やたらとお金をほしがってますし」

「だからって、呪いに頼るなんて。ろくなことになりませんよ」

「そんなことない。これがリハビリになって、少しずつ外に出られるようになればいい」

佐々岡さんが俺に向けた笑みは、童女のように無邪気だった。

人魂の話を聞いたときよりも激しく、鳥肌が立つ。

「そろそろお帰りくださいます？　嘘をついたことは謝りますし、社殿を修理するなら弁償します。これからは神社に人が来なくなるまで、私が自分で夜通し見張りますから」

雫は、見事に佐々岡さんの嘘を暴いた。でも晃一は、これからも母親の庇護のもと、丑の刻参り以外は外出しない日々を送ることになるのか――。

そのとき、階段を駆け下りる音が響いてきた。

晃一だった。

部屋に閉じこもり、太陽を避けてきた肌は、不健康に白い。頭には、昼間と同じ青いニット帽。右手に握ったスマホは、最近出たばかりの機種だ。

「——叶った」

晃一の口角が、震えながら持ち上がる。

「願いが叶ったよ。LINEが来た。園田たちが——僕をいじめてた連中が、まとめてトラックに轢かれたんだ。重傷だってさ。ざまあみろ！　呪いだ、呪い！」

高々と掲げたスマホを何度も額にこすりつけ、晃一は理性のねじ切れた笑い声を上げた。

「晃ちゃん、お願いだから出てきて！」

佐々岡家の二階。固く閉ざされたドアに両手を添え、佐々岡さんが悲痛な叫びを上げる。

あの後、呆気に取られる俺たちにけたたましい笑い声を浴びせた晃一は、二階へ駆け戻っていった。それから三人で二階に上がったが、晃一はドアに鍵をかけていた。

さっき雫と社殿に隠れているとき、救急車のサイレンが聞こえてきた。

たぶんあれは、園田たちを搬送するサイレン——。

「呪いなんてないわ。園田たちが事故に遭ったのは、たまたまなのよ」

「違うね、呪いだね。これからも、むかつく奴らを片っ端から呪ってやる！」

ドアの向こうから、先ほど以上に理性のねじ切れた笑い声が響いてくる。佐々岡さんは怯えてドアから手を放すと、救いを求めるように俺たちを振り返った。

「坂本が言ったとおり、人を呪ったりするからです」

なんと言っていいかわからない俺とは対照的に、雫は場違いに明るい笑みを浮かべる。

「晃一くんは、これからありもしない力に頼って生きていくのでしょう。『呪いが成就した』という錯覚に、自分自身が呪われてしまったことに気づきもせず。佐々岡さんが丑の刻参りをとめていれば、こんなことにはなりませんでした」

「雫さん、言いすぎです」

さすがにとめる俺を無視して、雫はドアの前に立つ。

「聞こえましたか、晃一くん。呪われたのは、あなた自身です」

「黙れ！　お前も呪うぞ！」

「無駄ですよ。神さまはいませんから」

巫女装束を纏った人間が口にしたとは思えない言葉だった。晃一も、さすがに意表を突かれたらしい。ドアの向こうから当惑が伝わってくる。

「神さまはいません。少なくとも人の私怨を晴らしてくれるような、暇な神さまは」

俺と二人だけのときのように――いや、それ以上に冷え冷えとした声で、雫は言葉を紡いでいく。

「あなたは人を呪って生きていくそうですが、呑気にひきこもり生活ができるほど社会に余裕はありません。高い確率で、ご両親はあなたより先に亡くなる。あなたが暮らしていけるほどの遺産は残してくれないでしょう。あなたは健康だから、生活保護も簡単には受けられない。受けられたとしても、自立のために働かなくてはならない。『呪いの力がある』と本気で信じて何年もひきこもっていた人間が、真っ当に働けると思いますか。引き返すなら、いまです。すぐにこのドアを開けなさい」

「天岩戸伝説の逆……」

佐々岡さんが呟いた伝説は、俺でも知っている。

太陽の神である天照大神が、弟の建速須佐之男命の横暴に怯えて天岩戸に閉じこもり、世界が暗闇に閉ざされてしまった。そこで神々が天岩戸の前で宴会を開いて楽しそうに騒ぎ、天照大神の好奇心を刺激して岩戸を開けさせた――という伝説だ。

「出てこないと人生お先真っ暗」と脅す雫は、確かに天岩戸伝説と逆のことをしている。

冷たい脅しが効いたのか、晃一は、ゆっくりとドアを開けた。ぎー、という蝶番の音が、少年の不満を代弁して聞こえる。

佐々岡さんが、雫の小さな身体を押し退けて、息子に抱きつこうとする。晃一はその手を払いのけ、鬱々とした眼差しで雫を見据えた。冗談のような美貌を目の当たりにしたからか、一瞬だけ目を大きくしたが、すぐに睨みつける。

「説教されるのがウザイから出てきてやったんだ。これで満足だろう。さっさと帰れ」

「はい。後はあなた次第ですから――帰りましょう、壮馬さん」

……兄貴の言うとおり、雫は名探偵だった。見事に謎を解き明かした。

でも、薄情すぎる。

「出てこないと人生お先真っ暗」だとしても、出てきたところで夢も希望もなければ、結局同じじゃないか。きっと晃一は、俺たちが帰ったらすぐにまた部屋にこもるぞ。

「……外に出るのは辛いかもしれないけど、出ないといいこともないよ」

考えがまとまらないまま、俺は口を動かしていた。雫が、階段を下りかけた姿勢で振り返る。口許には、他所行きの笑み。

「後は佐々岡さんたちの問題です。わたしたちにできることはありません」

晃一にあんなことを言った後で、どうしてそんな顔ができるんだ？　奥歯を嚙みしめ感情を抑え込み、晃一に続ける。

「いじめに遭った君に、外にはいいことばかりだなんて言えない。でも、いいことがないわけじゃないんだ。例えば、その……」

口ごもる俺に、晃一だけでなく、佐々岡さんも白々とした目を向けてきた。

――もう破れかぶれだ。

発作的に、雫に腕を伸ばした。小さな手を鷲づかみにして引っ張り、強引に抱き寄せる。

「外に出れば、こんなかわいい巫女さんと仲よくなれるかもしれないぞ！」

雫が、これまでで最も冷たい、絶対零度の眼差しで俺を睨み上げてきた。内心震え上がったが、それでもさらに強く抱き寄せる。

これくらいは我慢してくれ。晃一を追い詰めた責任があるんだから。

でも、これが本当に晃一のためになるのか？

当の晃一は、毒気の抜かれた顔で俺と雫を交互に見つめていた。佐々岡さんの方は、どう反応してよいのかわからないといったような、なんとも微妙な表情をしている。俺も同じ表情になりかけた瞬間だった。

「うおっ！」

腕をひねられ、慌てて雫から手を放す。

……さすが、合気道をやっていただけのことはある。

雫は、引き続き絶対零度の眼差しで俺を睨み上げた後、突如、笑顔になった。

「かわいい巫女さんと仲よくなれるかはともかく、ひきこもっていたのでは絶対にできないことがありますよ。園田たちを訴えることです」

「そんなこと、とっくにやろうとしたわよ。でも学校は——」

「『いじめの証拠がない』の一点張りだったんですよね。でも、わたしが言っているのは、もっと証明しやすいもの。傷害です」

意味がわからなかったが、晃一の頰は、みるみる赤くなっていった。

「あなたは阿波野神社で、園田たちに暴行を受け、額を怪我した。家の中でもニット帽を被っているのは、その怪我を隠すためですよね」

唐突な指摘に、俺も佐々岡さんも晃一も、すぐには反応できなかった。

しばらく経ってから、晃一がぎこちなく口を開く。

「なんで、わかった？」

「家の中でもニット帽を被っていると聞いたときから薄々予想してましたけど、確信したのはついさっき。園田たちが事故に遭った話をしたとき、あなたは『呪いだ』と言いながら、スマホを何度も額にこすりつけてましたよね。奇妙な動きです。晃一くんは園田たちのせいで額を怪我したのでは、と思いました」

「でも晃一くんは、いじめっ子たちから暴力は受けなかったはずでは。学校に行かなくなってからは、阿波野神社くらいにしか行ってないんですよ」

「ですから、暴行を受けた場所は阿波野神社です。例の心霊動画がアップされたのは一週間前ですよね。晃一くんが神社に行かなくなったのも、ちょうどそのころ」

ということは……。

「YouTube にアップされた心霊動画の血は、晃一くんのものだったんです」

「あれは絵の具じゃなくて、本物の血だというんですか？」

「そうです。晃一くんは、丑の刻参りをしている最中、たまたま園田たちに見つかってしまった。園田たちが、最初から晃一くんを傷つけるつもりだったのかどうかはわかりません。とにかく晃一くんは、額を怪我した。その血を見た園田たちは、おもしろがってあの動画をつくったんです。YouTube に動画をアップしていた晃一くんへの嫌がらせでしょう。投稿者がなにを考えていたのかわかりませんでしたが、目的はシンプルでした」

いじめ

雫の一言が、冷たく響いた。

「それだけじゃない。『誰かに話したら、丑の刻参りをしていたことをばらす』と園田たちに脅されて、今度こそお金を要求されたのではありませんか。だからこの一週間、苛立ち、お金をほしがるようになった」

「……そうなの、晃ちゃん？　どうしてお母さんに相談しなかったの？」

おそるおそる訊ねる佐々岡さんを、晃一は暗い目で睨む。

「相談しても無駄でしょ。どうせお母さんは、僕の味方になってくれないんだから。いじめの証拠が見つからなくて、あいつらを告発するのをあきらめたんだから」

佐々岡さんが息を呑み、両手を口で覆った。

「今月中に十万円持ってこい、と言われたんだ。そんな大金、一気にほしがったらお母さんに怪しまれるから、少しずつ小遣いをもらって貯めるしかなかった。あいつらは僕が丑の刻参りをしているところを見つけたら、散々笑って、ばかにして、金まで……どうせなにもできないと思って……ちくしょう……」

「なら、なにかしてやりましょう」

にっこり微笑む雫に、晃一は吐き捨てる。

「無理だよ。逆(さか)らったら、丑の刻参りのことをばらされるんだ。恥ずかしすぎる」

「それだけ園田たちにひどいことをされたということですから、裁判官の同情を買えます」

愛嬌あふれる笑顔で言うので、すぐには意味がわからなかった。

「わざわざ向こうが動画をアップしてくれたんです。現場からはルミノール反応も出るでしょうから、傷害の証拠として使える。裁判を起こしましょうよ。その前に、あちらが示談に持ち込もうとするかもしれませんね。条件次第では、それで手を打つのもいいと思います」

「そんなこと、できるわけが……」

「わたしも証言しますし、お母さまも協力してくれるはずです。今度は、最後までですよね？」と問いかけるように、雫が佐々岡さんに小首を傾げた。佐々岡さんは両手で口を覆ったまま、晃一を見つめ続ける。

その視線を受けた晃一は——ゆっくりと、ニット帽を脱いだ。

額に貼られた大きな絆創膏(ばんそうこう)が、露(あらわ)になる。

息を吐き出した晃一は、それを剥(は)がそうとする。佐々岡さんは倒れ込むように息子を抱きしめ、その手を制した。

「ごめんね、晃ちゃん……本当に本当に、ごめんね……」

5

「丑の刻参りを他人に見られたら自分が呪われる、という話は本当だったみたいだね」

ぐい飲みを手にした兄貴が感慨深げに言ったのは、次の日の夜のことだった。

「なんだよ、急に？」

「晃一くんは、母親に丑の刻参りをしているところを見られてから、園田たちにばれた上に暴行され、金銭を要求された。挙げ句、『呪いが成就した』という錯覚にまで呪われた。ほら、呪いが返ってきて不幸になってるじゃないか」

「まあ、そう言えなくもないけど」

「だろう？　でも雫ちゃんのおかげで、呪いが解けたんだ。よかったよね」

「さすがにそれは違うと思うぞ」

「違わないよ。園田たちを傷害罪で訴えることにしたんだろう。雫ちゃんの母子(おやこ)を想う優しさが、この結果を招き寄せたんだよ。園田たちは思ったほど重傷じゃなかったそうだし、遠慮なくやれるよね」

「たまたまだ。あの子は優しくなんかない」

兄貴は、天岩戸伝説の逆を演じた雫を見ていないから、こんなことが言えるんだ。

終わってみれば、雫のおかげであの母子(おやこ)が救われたのだから、責めるつもりはないけれど。

「いいや、優しいよ。それはそれとして、早く行っておいで」

「寝ているところに男が入っていくのは悪いだろう。琴子さんが行った方がいい」

「壮ちゃん、ごめん。さっきから私も頭が痛いんだ」

「嘘つかないでください。ビールを飲みまくってるくせに」

「大変だ、琴子さん。ゆっくり休んで——というわけで壮馬、君が行きなさい。僕が行ったら、雫ちゃんになにをするかわからないよ？」

「妻の前でセクハラ決行を予告するな！」

とはいえ、ここまで言われては仕方がない。ため息をつき、おかゆを手に二階に上がった。角にある雫の部屋の前で、襖越しに声をかける。

「壮馬です。おかゆを持ってきました」

返事はない。そっと襖を開ける。

雫は、部屋の真ん中に敷かれた布団の上で眠っていた。普段は雪のように白い肌は火照り、額に載せた氷嚢は中身が水になりかけている。

風邪だった。

昨日の夜、帰ってきてから寒そうにしていて、そのままダウンしてしまったのだ。くしゃみをしてはいたが、こんなことになるとは。

おかゆを枕元に置き、氷嚢を取り換えようと手を伸ばす。考えてみたら、この子の寝顔を見るのは初めてだな。いまは火照って弱々しいけれど、普段はどんな顔で眠っているんだろう――つい吸い寄せられてしまった目を慌てて逸らした拍子に、雫が左手に持っているものに気づいた。

今剣をイメージした波線が描かれたお守り――源神社の、安産祈願のお守りだ。

随分とくたびれている。昨日今日買ったものではない。

どうして雫がこんなものを？　まさか――信じられないが、この子のお腹には――。

「壮馬さん……？」

反射的に後方に飛び退いた。目を開けた雫が、横たわったまま俺を見上げている。いつもは怜悧さ一色の瞳は潤み、微妙に焦点が合っていなかった。

「すみません。すぐに出ていきます」

「ごめんなさい。教育係なのに、風邪なんて……。でも、お礼を……言いたくて……」

俺の声など聞こえていないかのように、雫は熱っぽい声を絞り出す。

「壮馬さんが晃一くんに語りかけてくれたおかげで……自分の間違いに気づきました。わたしを抱き寄せたことは不愉快だったけれど……助かった」

やっぱり不愉快だったのか。いや、それより「助かった」って？

「わたしは……『ひきこもっていたら未来はない』と晃一くんを脅したら、あとは自力でなんとかすると思ってたんです。でも、きっと……そうはならなかった、ですよね」

え？

「あのままだと、晃一くんはひきこもりのまま、なにも解決しなかった。脅すだけじゃだめだったんです……全然、気づかなかった……わたしは、いつもそうなんです。人の気持ちがわからない……壮馬さんのおかげ……ありがとう、ございます……」

じゃあ、なにか？　雫は、冷たかったわけではない。

いい、いい、いい、いい、いい、いい、いい

よかれと思って、天岩戸伝説の逆をやったのか？

「お礼に、今度こそ壮馬さんが源神社をやめられるよう、宮司さまに掛け合います……信心がないのに働くのは、辛いでしょうから……」

この前さりげなくリストラを進言したのも、俺を思ってのことだった？

この子はちょっとずれているだけで、兄貴の言ったとおり、本当は優しい子――。

雫は、力尽きたように目を閉じた。無防備な寝顔から目を離せなくなりそうで、「取り換えてきます」とわざわざ声に出して、氷嚢を手に部屋を出る。

――かわいいのは、見た目だけじゃないんだな。

久遠雫のことを、初めてそう思った。

第二帖 端午の節句はご家族で

1

四月二十五日。

「少し右に傾いてますよ」

掲示板にポスターを画鋲(がびょう)留めしようとした俺に、雫は言った。頷いた俺は、ポスターの角度を調整しつつ、玉砂利を箒でならす雫のお腹にさりげなく目を遣(や)る。

ぺったんこだ。余分な脂肪など一切ないことが、巫女装束の上からでも見て取れる。

やっぱり、そうだよな。

風邪で寝込んだ雫が安産祈願のお守りを持っているのを見てから、約一ヵ月。

まさか、この子は妊娠している？　それを隠して巫女をしているなら、大問題なのでは？

慌てたが、雫が持ったお守りはぼろぼろで、随分前に手に入れたもののようだった。そんなに時間が経っているなら、お腹が膨(ふく)らんでいないはずがない。

つまり、妊娠はしていない。

そうは思ったものの、お腹をこっそり観察し続けてきた。少し前、兄貴や琴子さんと雫の十七歳の誕生日を祝ったときは、本人の口から「実は……」と打ち明けられるのではないかと緊張した。でも、さすがにもういいだろう。あの日以来、安産祈願のお守りは見ていない。どうも隠しているようだ。なぜあんなものを持っているのかはわからないが、触れられたくなさそうだし、お腹をちらちら見ているのがばれたら面倒なことに——。

「わたしのお腹をちらちら見ているようですが、なんですか？」

「べ……別に見てませんよ。雫さんの気のせいじゃないですか」

雫は「嘘つき」と言わんばかりの目で俺を見据えたが、ポスターに視線を移して言った。

「『子ども祭り』まで、あと十日です。しっかり準備しましょう」

ポスターに掲載されているのは、母親にどら焼きを差し出す四、五歳くらいの男の子の写真だ。母親は、愛おしくてたまらないといった笑顔をしている。去年の「源神社子ども祭り」の様子を写した一枚である。ポスターをデザインしたのも、写真を撮ったのも琴子さん。義弟のひいき目を差し引いてもセンスがいい。特に写真は、プロ級の腕前だ。

神社という場所は、とにかく祭りが多い。大抵の神社では、毎月決まった日に開催される月次祭と呼ばれる定例の祭りがある。年に一度は、各神社で最も重要な祭りとされる例大祭。十一月二十三日には、各地の神社で収穫に感謝する新嘗祭。ほかにも、神社によってはオリジナルの祭り、通称「特殊神事」が執り行われる。

源神社は、この特殊神事が頻繁に催される。五月五日の「子ども祭り」も、その一つだ。「端午の節句」とも呼ばれる五月五日「こどもの日」は、もともと男児の誕生や成長を祝う日だった。でも「子ども祭り」は男女関係なく「子どものためのお祭り」という位置づけで、横浜が寒村だった江戸初期から続いているらしい。

「子どもたちにどら焼きを二つずつ配って、その一つをお母さんにプレゼントしてもらう」という祭りらしいが、いまいち趣旨が理解できない。

どら焼きというのは、まだわかる。どら焼きの起源には諸説あるが、「義経が頼朝に追われ奥州に逃げる最中、武蔵坊弁慶が匿ってもらった民家に銅鑼を忘れた。その銅鑼で焼いたお菓子がどら焼きの始まり」という説もあるらしいからだ。義経が主祭神の源神社にとって、どら焼きは特別な食べ物なのだろう。

でも。

「『こどもの日』なのに子どもが母親にどら焼きをプレゼントするなんて、妙な祭りですよね」

率直な感想を口にすると、ただでさえ大きな雫の双眸が、さらに大きくなった。

「この神社では、義経公が、どら焼きを母の常盤御前に贈ったと伝えられています。その逸話にちなんでいるんです」

「ネットで軽く調べたけど、その話は戦後、創作されたものらしいですよ。母親にどら焼きをプレゼントするようになったのも戦後。戦後になにがあったんでしょうね」

笑いながら言うと、雫の双眸はさらにさらに大きくなった。

「宮司さまの弟の言葉とは思えません」

そんなに冷たい口調で言わなくても……。この前、熱を出して倒れたときは、かわいいのは顔だけじゃないと思ったんだけどな。

もう少しこの子と働いてみたくて、奉務続行を志願したのは失敗だったか。

「わたしの責任ですね」

「いや、責任まで感じられても」

「感じて当然——おはようございます！」

参拝者の姿を見るなり、雫は氷の無表情から一転、愛くるしい笑顔になった。

階段を上ってきたのは、ベリーショートの女性だった。見たところ三十代半ば。足をとめ、「子ども祭り」のポスターに興味深げに目を向けている。じっくり見たそうなので、邪魔にならないよう、その場を離れた。

「ああいう方のためにも、立派なお祭りにしないといけません」

決意を固める雫は、ありがたいことに、俺に説教中だったことを忘れてくれたようだ。

それから二人で、境内の左奥、階段を上ったところにある摂社に向かった。

それなりの規模の神社では、主祭神とは別の神さまを摂社で祀っている。通常は、主祭神と縁の深い神さまが祀られているそうだ。

源神社の境内に摂社はいくつかあるが、いま向かっているのは八幡神こと誉田別命、いわゆる「八幡さま」の摂社。戦前は武神として、戦後は教育や縁結び、安産、子育てなど庶民的な願いを成就させてくれる神さまとして人気が高く、各地の神社で祀られている（らしい）。

最近、参拝者が急増しているこの摂社の掲示板にも、ポスターを貼っておく必要がある。

階段の途中で、若い女性とすれ違った。なにかを期待するように、頬をほのかに紅潮させている。あの桜に触ってきたな、と思いながら階段を上り切り、摂社の小さな鳥居をくぐった。その先にあるのは、桜の木々に囲まれた、薄暗い空間だ。ついこの前まで花見目的の参拝者が大勢押しかけていたが、葉桜になってからだいぶ落ち着いており、いまも人はいない。

社の脇に立った桜の木は一際大きく、何本もの枝が、空に向かって奔放に伸びている。

——これが義経と静御前なんて、やっぱり無理やりすぎる。

去年のいまごろ、この枝と葉の重なる様子が「源義経が静御前をお姫さまだっこしているように見える!」とInstagramに投稿があった。それに「いいね!」がつきまくって話題になると、いつの間にか「この木の傍でカップルが誕生したらしい」というもっともらしい噂が広まり、「この木にお参りすれば義経と静御前の愛を分けてもらえる」というそれらしい話になり、「この木に触ったらカレシができた」という報告が相次ぎ、気がつけば女性がひっきりなしに訪れる、人気の恋愛パワースポットとなったのだ。

俺にはとても「誰かをお姫さまだっこしている人間」には見えない。百歩譲って見えたとしても、どうして義経と静御前になるのか。だいたい静御前は側室で、義経にはともに果てた郷御前という正室がいる。

それ以前に、義経が祀られているのは本殿。ここに祀られているのは八幡さまなのに。「郷御前には申し訳ないけど、静御前の方が有名だからね。それに八幡さまは、源氏の守護神。そのもとで義経公は安心して静御前を抱き上げている、という理屈らしいよ」と解説する兄貴は、安産祈願と違ってこれに関しては一切宣伝していない。「戦いの生涯を送った義経公は、安らぎを得て、みんなにひっそりと愛をおすそ分けしているんじゃないかな。だから参拝者の間で、こういう話が自然発生したのかもしれない。成り行きに任せよう」ということらしい。

兄貴みたいにおおらかでいられればいいが、やはり俺は、亡くなった人を利用しているようで、どうしても先輩のことを思い出してしまう。

雫ですら、時折、切なげに目を細めているから、乙女心を刺激する場所ではあるのだろうけれど。

葛藤（かっとう）を抑えながら、社の傍に設置した掲示板にポスターを貼る。

「では、社務所に戻りましょう」

雫が踵（きびす）を返したところで、突風が吹いた。この辺りは横浜港が近いせいか、こうした風が吹くことがある。雫の白衣と緋袴と、一本に束ねた長い黒髪が宙をたゆたう。小さな手で前髪を押さえる雫。その姿は、葉桜の合間から射し込む陽光で、微（かす）かにエメラルドがかっていた。

満開の桜をバックにしたときもよかったけれど、これはこれでかわいい。そんなこと、とても本人には言えないが。勢いだったとはいえ、この前はよく言えたものだ……。

そのとき。

「――――」

風に紛れて呟きが聞こえてきた。振り向くと、男性が摂社の鳥居の前で立ち尽くしている。

グレーのジャケットがよく似合う男性だった。年齢は三十代半ば。肩幅はないが、背丈は俺と同じくらい。柔和な顔立ちではある。一方で、触れても弾力がなさそうな、硬質な雰囲気が漂ってもいた。そのせいか、話しかけやすそうでありながら、どこか近寄り難くもあるという、相反する印象を同時に受ける。

葉桜の影が身体の方々に落ち、部位ごとに光と闇のコントラストが高くなっていることが、余計にそう感じさせるのかもしれない。

男性は両目を大きく見開き、まじまじと雫を見つめていた。

雫が「なにか？」と問うと、男性は我に返ったように微苦笑する。

「失礼。『桜』と言ったんです。葉桜を背にしたあなたが、あまりに清楚でかわいらしかったものだから。桜が満開のときはさぞ艶やかだったろうと思って、つい」

俺にはこわくて言えない感想が、何倍にも気取った言葉で口にされた。でも落ち着いた低音の声と相まって、少しも嫌味がない。まあ、雫のことだから、営業スマイルで受け流し――。

「……あ……ありがとう、ございます」

たどたどしい言葉に、思わず雫の顔を見遣る。

白い頰が、緋袴のように真っ赤に染まっている。口許には、参拝者向けの愛嬌あふれる笑顔とは違う、緊張していることがありありと伝わってくる、ぎくしゃくした笑み。

「巫女の久遠雫と申します。あ、こちらは手伝いの坂本壮馬です」

なぜ自己紹介を？　それに俺の名前を言う前の「あ」ってなんだ？

男性は、一礼してから鳥居をくぐった。

鳥居をくぐるときの「マナー」を知っている。

「鳥羽真です。最近慌ただしくて足が遠のいていたのですが、ここのお社にも、本殿の方にも、度々参拝しています。主祭神が源義経なんですよね、珍しい。ほかには白旗神社か、北海道の平取町にある義経神社くらいではないでしょうか」

「そう思います。お詳しいんですね」

「日本神話や歴史の類いが好きなんですよ。専攻は情報科学ですが」

「専攻？」

「今年度から、すぐそこの横浜大学で准教授をしているんです」

雫と会話しながら、鳥羽さんは掲示板のポスターに目を向ける。

「『子ども祭り』か。こういうことをやっているとは知りませんでした。一九四八年に『国民の祝日に関する法律』で、五月五日が『こどもの日』に定められてから始まったのですか」

「それを機に少し内容は変わりましたけど、お祭り自体はもっと前からあります。ぜひ、

「しかし私は独り身で、子どももいない――」

「そういう方も大歓迎です！」

勢い込む雫に、鳥羽さんは目をしばたたいたが、すぐに微笑んだ。

「そこまで言ってもらえるなら、お邪魔しましょうか。楽しみです」

確かに楽しそうではある。

しかし、人ではなく鉄仮面が笑っているような、本心を覆った笑みにも見えた。

雫はそのことに気づいていないのか、ぎこちない笑みを浮かべながら「お待ちしてます」と一礼する。こんな表情になるなんて。まるで一目惚れしたような……いや、まさかな、と思いながら、なんとなく振り返る。

社の脇に立つ桜の枝が、静御前をお姫さまだっこする義経に見えなくもなかった。


四月二十六日。

神社の朝は早い。源神社の場合は、朝五時起床、身支度をして五時半に本殿に集まって朝拝を行う。神さまのための食べ物――神饌をお供えして、一日の平和と安寧を祈る儀式だ。それから境内を隅々まで掃除して、正門を開けて参拝者が入れるようにする。

正門といっても鳥居の前に背の低い木製の柵を設置しているだけだが、一応、夜間は閉める。

学生時代も割と規則正しい生活をしてきたので、早起きは苦にならない。しかし今朝は、布団から出るのが億劫(おっくう)だった。

昨日、鳥羽さんと別れるなり、雫は通常モードに戻った。冷たい無表情でてきぱきと仕事をこなし、俺にいろいろと指導してきた。

でも鳥羽さんと話していたときの顔が忘れられなくて、なかなか寝つけなかったのだ。

「——俺には関係ないのにな」

声に出して起き上がり、白衣白袴に着替える。最初のころは一人で着るのに苦労した。特に帯は、後ろでクロスさせて前に持ってきたり、また後ろに回して結んだり、かと思えば前でも結んだりとややこしかったが、だいぶ慣れた。

姿見の前で立ち姿を確認してから、両手で頬をたたく。

久遠雫は職場の先輩で、俺の教育係。それ以上でも以下でもない。

一階に下りて草履(ぞうり)を履(は)いていると、玄関の引き戸ががらりと開き、雫が入ってきた。既に巫女装束に着替えている。朝拝の前に鳥居の周りを箒で軽く掃くのが、この子の日課だ。

でも今朝は、箒だけでなく、白い封筒も持っていた。

「おはようございます。なんですか、それ？」

雫は、黙って封筒を差し出してきた。不審に思いながら開ける。中には便箋が一枚。定規を使ったと思われる角張った文字で、こう書かれていた。

〈『子ども祭り』を中止しろ。さもないと大変なことが起こる〉

2

社務所の事務室には、パソコンや帳簿などがあって、見た目は一般企業のオフィスとそれほど変わらない。そこを抜けて廊下を奥に進んだところにある和室が、応接間。参拝者の応対をするための部屋で、普段は俺たちの休憩室になっている。広さは八畳ほどだが、大人数で宴会するときなどは隣の部屋との間にある襖をはずし、二十畳近い大部屋にする。

朝拝は欠かせない儀式なので、それを終えてから、脅迫状について話し合うため応接間に俺と雫、それから神職三人――兄貴夫婦と桐島平（きりしまたいら）さんが集まった。琴子さんと桐島さんの袴は浅葱色。ほとんどの神職の袴が、この色らしい。

ちなみにもう一人の神職、白峰（しらみね）さんは「そうしたことは宮司にお任せします」と言って、いまは境内の掃除をしている。

「ただのいたずら……ですよね」

桐島さんは、肥満気味の身体をおどおどさせていた。

神職になるには、兄貴や琴子さんのように資格が取れる大学を卒業する以外に、養成所に通ったり、講習会を受けたりする方法がある。どちらも神社本家の推薦状が必要で、講習会に至っては「急に神社を継ぐことになった」など特殊な事情がなければ受けることができない。

推薦状のツテがない人には、通信教育という方法がある。仕事をしながらでも受けられるので、これで神職を目指す社会人も少なくない。ただし、二年間みっちり課題を出されるほか、夏と秋にはスクーリングもあるので、生半可な覚悟では卒業できない。

神社の清浄な雰囲気に魅せられた桐島さんは、玩具会社で営業をしながら、この方法で神職の資格を取った。すごい根性だと思うが、本人は無自覚で、いつも自信なさそうにしている。

雫は、座卓に置いた脅迫状を見据えながら言った。

「いたずらではないと思います。わたしはこの手紙を、正門で見つけました。時刻は午前五時二十五分。五時前にジョギングから戻ってきたときには、まだありませんでした。そんな早起きしてまでいたずらをするとは考えにくいです」

五時前にジョギングしているのか、この子は。全然気づかなかった。

「物騒な世の中だから、宮司としては警戒しないわけにはいかない。ただ、紙切れ一枚じゃ警察は取り合ってくれないだろうね。『パトロールを強化します』の一言で済まされそうだ」

「となると、最悪、中止という選択肢も……」

「ないよ」

桐島さんが遠慮がちに口にした言葉をたたき落とすように、琴子さんは言った。猫を思わせる目が、険しく、鋭くなっている。

「何百年も前から続けられてきた神事なんだ。紙切れ一枚で中止にできるはずがない」

「ごもっともですけど、氏子さんや参拝者の安全を確保しないと……」

桐島さんが言った「氏子」というのは、各神社に祀られた神さま（氏神）に守られた人々を意味する。日本に住んでいる以上、誰でもどこかの氏神の氏子ということになるが、そんなことを知らずに暮らしている人も多いだろう（俺もそうだった）。

氏神を意識している氏子さんは、神社の維持・発展のため寄附を集めたり、お祭りに協力したりしてくれる、サポーターのような存在だ。

伝統の継承か、氏子さんたちの安全か。意見が分かれ、室内の空気はいつになく緊迫している。

神職は、正座で儀式を執り行うことが多いので、兄貴たちは総じて姿勢がいい。へその下辺りに力が入っていて、背筋が棒のように真っ直ぐ伸びている。巫女の雫も同様だ。

俺が一番身体が大きいのに、なんとなく威圧されてしまう。

「警備を頼むほどの予算もないしね——雫ちゃんは、どう思う？」

兄貴から「名探偵」と頼られている雫は、思案顔で手紙を手に取ると、犬が未知の物体を警戒するように、においを嗅ぎ出した。次いで、猫が闇夜で目を凝らすように、見開いた両目で一文字一文字見定め始める。

「この文面だけでは、脅迫者の性別や年齢、その他一切の情報がわかりません。ただ、脅迫者は迷っているのではないでしょうか。本気でお祭りを中止にしたいなら、『爆弾をしかける』『子どもたちを殺す』など直接的な言葉を使うはずです。話し合いの余地はあると思います」

「相手の正体もわからないのに、話し合いなんて……」

おずおずと言う桐島さんを、雫は凛とした眼差しで見つめる。

「直接は無理でも、間接的に話し合うことはできますよ——文通するんです」

た。

しかし、脅迫者が手紙を回収するところを張り込むかどうかについては、意見が分かれ

雫のアイデアは突拍子もなかったが、ほかにいい案もなく、反対意見は出なかった。

迷っているなら、様子を見るため必ずまた来る。手紙を受け取ってくれるはずです」

「正門に、『手紙をくださった方へ』と宛てて封をした返信を貼っておきます。脅迫者が

監視カメラは設置していないので、脅迫者の顔を見るなら張り込むしかない。琴子さん

と桐島さんはそうするべきと主張したが、雫は首を横に振った。

「張り込みに気づかれたらもう返事はもらえないし、逆上してなにをしてくるかわからな

い。慎重に判断した方がいいと思います」

結局、結論は持ち越しになった。ただ、兄貴は「最終判断は雫ちゃんに任せよう」と言

った。桐島さんは不安そうだったが、琴子さんも「そうだね」と同意。

俺はと言えば、正直、祭りが中止になっても構わないので、特に口出しはしなかった。

子どものころから信心が薄かったので、祭りには「みんなで屋台で飲み食いするイベン

ト」程度の意味しか見出せない。氏子さんたちの安全を考えれば、いざとなったら中止で

構わないだろう。

その夜。雫は夕食を食べるなり、早々に部屋に引っ込んだ。俺は風呂で疲れを取ってか

ら、自分の部屋に戻る。年ごろの男の部屋にしては、整理整頓されている方だと思う。

まだ夜は長いし、本を読むか。もともと読書は好きで推理小説(ミステリー)を愛読していたが、最近は、いろいろな業界を解説した本ばかり読んでいる。

仕事に少し慣れたので、新しい道をさがす余裕も出てきた。

本棚に手を伸ばす前に、襖の向こうから雫の声がした。

「壮馬さん、よろしいでしょうか」

「どうぞ」

「失礼します」

正座した雫が、左手で少しだけ襖を開いた。一旦開けるのをとめると、襖に沿って左手を畳から一〇センチほどの高さまで下げる。それから身体の中央ほどまで襖を開ける。最後は右手で、身体全体が入る位置まで襖を開けた。部屋に入ると、逆の手順で襖を閉める。

巫女が和室に入るときの作法だが、いまは巫女装束ではなく、白いセーターを着て、紺色のロングスカートを穿いている。奉務中は一本に束ねる黒髪はほどかれ、薄い肩に落ちていた。

雫が「読んでいただきたくて」と言いながら差し出してきたのは、一枚の便箋だった。

「脅迫者への返事を書いたんです。礼節を守りつつ、親しみやすい文章にしてみました」

これを書くために、早々に部屋に引っ込んだのか。
どうして俺に？　疑問に思ったが、「お願いします」と大きな瞳で見上げられ、反射的に頷いてしまう。妙な緊張感に包まれながら、便箋に目を走らせる。

〈前略
お手紙を拝読致しました。『子ども祭り』を中止にせよとの一文に一驚を喫しております。先人の手を経て、古来連綿と続いてきた神事。中止とするのは烏頭白くして馬角を生ずの心境です。
一方で、貴殿にもなにか事情がおありなのでは、と愚察致します。よろしければ、ご事情をご教示いただけないでしょうか。僭越ながら、協心戮力の関係になれるやもしれません。ご検討の上、玉章をたまわりたく存じます。前回同様、正門に貼っておいてくださいませ。
なお、わたくしどもが希求しておりますのは、貴殿の膺懲ではなく、御心に安寧をもたらすこと。どうか信じていただければ幸甚にございます。

草々

源神社巫女　久遠雫〉

こんな、ところどころ意味のわからない単語が使われた文章が、女子高生のはしゃぎ声が聞こえてきそうな、それはそれはかわいらしい丸文字で書かれていた。

「『子ども祭り』を中止にしたい理由を教えてほしくて書いたのですが、どうですか」

「……文章が硬いかな。丸文字とも合ってなくて、ちぐはぐな印象です」

「だめですか。書き直して、格調を保ちつつ、やわらかくしたつもりだったのですが」

もとの文章が想像できない。

雫は無表情で一礼すると、俺から便箋を受け取った。

「どうして俺に相談するんです？　宮司や琴子さんの方がいいんじゃありませんか？」

「阿波野神社の件で、壮馬さんは他人の気持ちを思いやれる人だとわかりましたから」

幻聴かと思ったが。

「わたしには欠けている能力です。頼りにしています。書き直しますから、また読んでもらえるとうれしいです」

雫は再び一礼すると、部屋から出ていった。俺の方は、そのまま動けない。

あの子が、俺を頼りに――割とすなおなところがあるんだよな。鳥羽さんの前でも、顔を真っ赤にしていたし。

あのときの雫は、どう見てもただの女の子だった。

——真っ赤、か。

名探偵扱いしていろいろ任せるのは、酷なんじゃないだろうか。

雫の手紙は、それから二度の全面改稿を経て完成となった。書かれている内容は最初と変わらないが、受ける印象はまるで違う。これなら、脅迫者も文通に応じてくれるかもしれない。

明けて、四月二十七日。

張り込むかどうかの結論が出ていないので、雫の手紙は、まだ正門に貼っていない。

朝拝と掃除を済ませた俺は、「子ども祭り」に備えて境内の方々に鯉のぼりを飾っていた。氏子さんたちから寄進された品で、古いものばかりだ。それでも、境内が賑やかになっていくようで、なんだか楽しい。

一区切りついたところで、境内に入ってすぐのところにある掲示板の前に立ち、祭りのポスターを見つめる女性が目に入った。一昨日ポスターを見ていた女性と同じく三十代半ばに見えるが、彼女と違って髪は長い。

「お祭り、楽しみですね」

ついそう声をかけてしまったのは、いろんな人が「子ども祭り」に注目してるんだな、と思ったからだった。しかし女性の両肩は、警戒感を露にびくりと持ち上がる。

「……楽しみです」

女性は小声で言い残し、そそくさと鳥居に続く階段を下りていった。彼女がつけていた香水だろうか、高級そうなレモンのにおいだけが虚しく残る。

あんなに怯えるなんておかしい。いまの女性が脅迫者では、と一瞬思ったが、脅迫者が堂々と姿を見せるはずがない。ということは、いかつい外見の俺が、唐突に声をかけたからか。そんなに怯えなくても……。悄然としていると、いつの間にか雫が横に立っていた。

「すみません。俺なりに精一杯、感じよく話しかけたつもりだったんですが」

「謝ることはありませんよ」

参拝者向けの完璧な笑顔を浮かべつつ、雫は鼻で大きく息を吸い込む。本当は怒ってるのに、深呼吸で気を鎮めているようにしか見えない。

「……怒ってますよね」

「怒ってませんけれど」

「どらやきー！」

舌足らずの声が境内に響き渡る。黄色い運動帽を被った幼児の集団が、階段を駆け上り、俺が貼ったポスターの前に群がってきた。俺と雫は、慌てて数歩後ろに下がる。

「どらやき、どらやき、どらやき！」

「またママにあげるのー」

聞き取れたのはここまで。あとはもう「絶叫」とまとめるしかなかった。

「はいはい、静かに！」

「あんまりうるさいと神さまに怒られちゃうよ！」

保育士二人が声をかけるが、なんの効果もない。

こんなに大はしゃぎするなんて。俺も小学校の先生になっていたら、こういう笑顔を毎日見られたかもな——感傷に浸りながら微笑んでいるうちに、気づいた。

同じような顔をしているのは、俺だけじゃない。

境内を散歩中の老夫婦も、恋愛パワースポット目当てで来たらしい女性二人組も、首からカメラをぶら下げた外国人観光客も、みんなみんな、子どもたちに目を細めている。

祭りが中止になったら、一昨日の女性や、さっきの女性だけでなく、この人たちも——。

雫に目を遣る。営業スマイルが消え、いつもの無表情に戻っている。でも氷塊の瞳には、ほんのりあたたかみが差していた。それが思いのほか——。

「かわいらしいですね」

見とれかけていただけに、背後からの声は不意打ちだった。反射的に振り返った俺の右腕が、声の主に当たってしまう。相手のスマホが、玉砂利の上に落ちる。

「驚かせてしまったようですね。すみません」

声の主――鳥羽さんは、苦笑しながらスマホを拾い上げた。ケースに、白い犬のストラップがついている。目の上に眉毛のような黒い模様が入った犬だ。ジャケットを着た男性にはかわいすぎるストラップだな、と思いながら、俺は慌てて頭を下げる。

「こちらこそ、すみません」

「お、おはようございます、鳥羽さん。そのストラップ……横浜水天宮（すいてんぐう）の……あの……」

雫が緊張を露にしながら、なんとか微笑もうとする。

鳥羽さんは雫の様子には気づいていないのか、じっと子どもたちを見つめる。

「無邪気でかわいらしいですよね。自分にも、ああいう時代があったのかと思うとなつかしい。人はいつから、他人を疑うことを覚えるのか」

「そ……そうですね」

ぎくしゃく頷く雫。鳥羽さんは子どもたちを見つめたまま頷き、笑みを浮かべる。

やはり鉄仮面が笑っているような、本心が見えそうで見えない笑みだった。

その日の夜。

「張り込むのはやめましょう」

雫は唐突に言った。理由を訊ねても「脅迫者が改心してくれると信じているからです」

と冷たく返された挙げ句、「絶対に勝手なことはしないでくださいね」と釘を刺されてしまう。

なんだって急に？　他人を疑わなければ、無邪気でかわいらしいと鳥羽さんに思っても
らえるからか？　さすがにそれはないだろうが、ほかに心当たりもないし……。

釈然としなかったが、雫は夜のうちに手紙を正門に貼った。

四月二十八日。手紙は、朝、門を開ける前に持ち去られていた。

脅迫者から返事が来たのは、その次の日、四月二十九日の朝だった。

手紙は前回と同じく、正門にテープで貼られていた。ただし前回と違って、雫がジョギ
ングに行く前にはもうあったという。
応接間で、雫が手紙を広げる。長文だからか、今回はワープロソフトで書かれていた。

〈久遠雫さま

お返事ありがとうございます。お言葉に甘えて、思いの丈を打ち明けさせてもらいます。

私は、楽しそうな子どもを見ることが、辛くて仕方がないのです。

私は結婚していました。男の子にも恵まれました。目に入れても痛くないほどかわいくて、周囲には『親ばかなんだ』と吹聴していたものです。

でも二年前の五月五日、病気でその子を失いました。

それがきっかけで、伴侶とうまくいかなくなりました。私たち夫婦は、医者から、もう一人子どもをつくることは難しいと言われていた。だからでしょう、伴侶は「もう子どもはつくれない」と決めつけ、家にいない日が増えました。

そのうちに、伴侶の身体から知らない香水の香りが薫っていることに気づきました。

新緑のようにさわやかな香りでしたが、私の心にドス黒いものが広がっていきました。

伴侶は私と違って、あの子の死から早々に立ち直ったようで、笑顔を振り撒いていた。

それは、新しい相手ができたからだったのか？　不倫しているのか？

机の引き出しに、おしゃれな小瓶がいくつも隠されているのも見つけました。伴侶がもらったのか、伴侶があげるのか……。問い詰める気力もないまま、一年前の五月五日——あの子の命日を迎えました。

さすがにこの日は、一緒にあの子を偲んでくれると思っていました。不倫のことは、それから問い詰めるつもりでした。

でも伴侶は、朝から出かけていきました。

「今日は一緒にすごそう」と提案したのに、訳のわからない言い訳を並べ立てて、夕方になっても帰ってこなかった。もう限界でした。

私は離婚届を置いて、家を出ました。

世間体を気にしたのでしょう、伴侶は判子を捺すことを渋りましたが、腕のいい弁護士に間に入ってもらい、一ヵ月後——六月に入ってすぐ、離婚が成立しました。

あれから一年近く経ちますが、心の傷は少しも癒えません。

だから、『子ども祭り』を中止にしていただきたいのです。

自分はこんなに不幸なのに、ほかの親子が幸せそうにしていることに耐えられない。身勝手は重々承知で、どうかお願いします〉

3

「子どもを亡くした上に、夫に不倫されるなんて」

桐島さんが涙ぐむ。俺も、要求はともかく脅迫者の境遇には同情したが、兄貴は首を横に振った。

「『伴侶』としか書いてないから、手紙の主が女性とはかぎらないよ。ね、雫ちゃん」

「そうですね。敢えてぼかしたのでしょう。でも返事をくれたのだから、話し合いの余地はあります。もう一度手紙を書いて、今度は会ってくれるように説得します。『子ども祭り』まで、まだ六日。充分間に合います」

雫が言い切っても、桐島さんは不安そうだ。対照的に兄貴と琴子さんは「任せたよ」「今日も一日がんばろうか、栄ちゃん」と気楽な顔で立ち上がる。本当に雫を信頼している。

でも。

――わたしは、いつもそうなんです。人の気持ちがわからない……。

弱々しく呟いたあの雫の姿を、兄貴たちは知っているのだろうか？

翌日。四月三十日午前四時半。

俺は手紙を貼るため、雫と正門に向かっていた。昨夜、雫は、納得するまで何度も文章を書き直した。それにつき合っていたら、徹夜になってしまったのだ。

まだ夜明け前で、薄暗い。境内は周りを背の高い樹木に囲まれているから、なおさらだ。

それでも、雫が珍しくしょげた顔をしていることは見て取れた。

「すみません、壮馬さん。眠たいでしょう」

「一晩くらい平気ですよ。身体は丈夫ですからね」

「——ありがとうございます」

そんな言葉を交わしながら短く急な階段を下りて鳥居をくぐり、正門にテープで封筒を貼る。

「これを読んだら、脅迫者は必ず訪ねてきてくれます。壮馬さんのおかげです」

雫の言うとおり、「祭りを中止にできない」というこちらの立場を主張しつつ、脅迫者の気持ちにも配慮した名文に仕上がった。雫が一生懸命応えてくれるから、俺もつい必死になって、いろいろ指摘してしまったのだ。「きっと来ますよ」と応じながら階段を上って境内に戻る。

そのとき、強い風が吹いた。

境内には、聖域を示す象徴である紙垂（しで）という白い紙が、方々に垂らされている（横綱が土俵入りするときの化粧まわしにつけられている、あれだ）。外の音がほとんど聞こえない中、紙垂が揺れるかさかさという音は、やけに大きく鼓膜を揺さぶった。

「封筒が剝がれてしまうかもしれませんね」

雫の呟きを受け、一緒に階段を駆け下りる。こんな時間だから、まだ誰もいないと思った。

でも、鳥羽さんがいた。

今日もグレーのジャケットを着こなした鳥羽さんは、雫の手紙に右手を伸ばしかけている――ように見えた。しかし俺たちに気づくと、手をポケットにしまう。

表情は、鳥居が落とす影に覆われ見えない。理由はわからないが、反射的に身構えてしまう。

しかし。

「おはようございます。私服姿のお二人は、新鮮だな」

こちらに一歩近づき影から抜け出た鳥羽さんの顔は、いつもと変わりなかった。

どこか本心が見えない、触れたら温度も弾力もなさそうな、鉄仮面の笑みだ。

「おはようございます、鳥羽さん……。随分と、朝が早いんですね」

雫が頰を赤らめながらも、懸命に微笑む。

三度目なので、もう慣れた。

「家が近いし、早く起きたので、なんとなく来てしまいました。そういえば昨日、身体の大きな神職さんがやけにおどおどして、参拝者に『子ども祭りがちゃんとできるかわかりません』と言ってましたよ」

鳥羽さんがここにいる理由は、本当に「なんとなく」か？　身体の大きな神職（間違いなく桐島さんだろう）の話を持ち出してごまかしているんじゃないか？　手紙に手を伸ばしかけていたことも気になる。いや、手紙を手に取ろうとしただけならいいんだ。

なぜ、それを隠そうとする？

俺の疑念をよそに、鳥羽さんは雫の手紙へと目を向けた。

「この手紙は？　『子ども祭り』ができないかもしれないことと、なにか関係が？」

「こ……これは、その……詳しいことは……」

いつもの冷静さはどこへやら、雫は、助けを求めるように俺を見上げる。

「すみませんが、詳しいことはお話しできません」

非礼にならない程度に強く言うと、鳥羽さんは「わかりました」と頷いた。

「いらぬ詮索をして失礼しました。ただ、私にできることがあったらなんでも言ってください。微力ながら協力します」

「よ……よろしくお願いします……」

ぎくしゃくと頭を下げる雫に、気づかれないようにため息をついた。

雫の手紙は会心の出来だった。悩める脅迫者が読めば、必ず会いにくるはずだった。

でも脅迫者は、手紙を回収しにこなかった。


氏子の代表者を「氏子総代（そうだい）」という。神社の運営を補助する人で、発言権も強い。

「桐島くんから聞きましたよ。『子ども祭り』を中止にしろ、と脅されてるらしいじゃありませんか。どうして早く教えてくれなかったんです」

五月三日。「子ども祭り」まであと二日と迫った日の夕刻、総代の佐藤勘太（さとうかんた）さんが源神社を訪ねてきた。明治時代から元町にある洋装店の店主だ。とっくに七十歳をすぎているのに白い髪はふさふさで、肌艶（はだつや）もいい。特殊神事が多い源神社では、祭りの手順や、寄附集めについて話し合うことが多く、よく顔を合わせている。その度に、「嫁さんの健康管理が完璧なんですよ」と笑顔で話す人だ。

その面影は、今日はない。社務所の応接間で、緊迫した面持ちで俺たちと対面している。

「すみません、宮司。脅迫者の動きがないので、つい……」

しょんぼりする桐島さんを、兄貴は「別に口止めしてなかったしね」と笑って受け流す。

「それで？　脅迫者の目星はついたのですか？　警察には届けましたか？　警備は――」

「まあまあ。落ち着いて。雫ちゃんがなんとかしてくれますから」

「なら安心したいところですが……あと二日しかありません。この期に及んで中止なんて、氏子たちにも先人にも顔向けできませんよ」

「そのときは、私も宮司を辞めなくてはいけないかもしれませんね」

はっはっはっ、と場違いに明るく笑う兄貴。

「そんなことにならないように、全力を尽くします」

雫は勘太さんを安心させるような、愛嬌あふれる笑みを浮かべる。

でもその笑顔は、微かに硬いように見えた。脅迫者から手紙が来なくなって三日間、ずっとこうだ。文通が途切れてしまった以上、もう打つ手がないからだろう。

でも俺の方で、手を打っておいた。


元町・中華街駅と石川町駅の間には、商店街がいくつかある。元町・中華街駅寄りの元町ショッピングストリートは、有名ブランドのアパレルショップからおしゃれなカフェ、世界に一つだけのオリジナル香水のつくり方をレクチャーしてくれる店まで、高級感漂う店が多い。

対して石川町駅寄りの「ひらがな商店街」は、もう少し庶民的というか、肩肘張らずに入れる店が目立つ。個人的には、こちらの方が肌に合う。

俺と蒲田央輔が入ったのは、石川町駅の元町口を出てすぐのところにある居酒屋だった。央輔は、中学のころからの友人だ。なんとなくウマが合い、「俺だって背が高いのに、お前と一緒にいるとチビに見える」と文句を言われる割に、よくつるんできた。

サワーで乾杯してから、一通り近況を報告し合う。俺は神社の、央輔は大学の話をしているうちに時間がすぎていったが、「それで、頼んでおいた件だけど」と切り出すと、央輔はわざとらしく人差し指で眼鏡を押し上げてから、スマホを取り出した。

「理由も言わないで妙な頼みごとをしてくれたもんだ。お前じゃなければ断ってたけど、お望みどおり調べてきたよ」

央輔は、横浜大学理工学部の三年生。鳥羽さんの勤務先の学部生なのだ。

「鳥羽真。横浜大学理工学部情報科学科の准教授。ＩＴ企業と連携してウェアラブルコンピュータの研究に携わり、睡眠やジョギングの管理をする健康系のアプリも開発している。今年度から就任したばかりだけど、講義がわかりやすいと学生の評判もいい。あと、神奈川女学院の子からも話を聞けた。鳥羽先生は横浜大学に来るまでそこにいたそうだから、合コンで知り合った子に連絡を取ったんだ。気まずかったよ、こっちから連絡するのをやめた子だし」

言葉とは裏腹に、全然気まずそうではない。

「鳥羽先生は、神奈川女学院(カナジョ)の理事長の娘と結婚してたんだって。略奪愛を試みる女子もいたけど、愛妻家なので全員撃沈。なのに去年の六月、離婚。神奈川女学院(カナジョ)の理事長に睨まれて、相当いづらかったみたいだよ。そんなとき、横浜大学(うちの)にヘッドハンティングされた。先生は『人々の健康に資する研究をしたい』と常々語っているから、二つ返事で受けた。理事長はいろんな方面に顔が利くから、横槍(よこやり)を入れられて簡単には話がまとまらなかったらしいけど」

「離婚の原因は？」

「俺はただの学生だよ。そこまでは調べられない」

「じゃあ、子どもはいなかったのかな？」

「一人いたけど、二年前の五月、病気で亡くなったらしい」

やっぱりそうか。自然、ジョッキを握る手に力が入った。

「ここまで調べてやったんだ。見返りはいただくよ」

「もちろんだ。ここの金は俺が払う。好きなだけ飲んでくれ」

「それより、お前のところの巫女さんを紹介してよ。すごい美人がいるんだよね？」

手から力が抜けた。

「お前に神社仏閣を巡る趣味はないだろう。どこからの情報だ？」

「ネット。写真はアップされてなかったけど、笑顔が眩しいと書き込まれてたよ」

「まあ、眩しいな」

参拝者限定で。

それにしても、そうか。インターネットでも話題に……。

「いいなあ。紹介してよ。どうせ壮馬は、その子とくっつくんでしょ？　神職と巫女さんって結婚率が高いみたいだし」

「俺はただの雑用係で、神職じゃない」

央輔をあしらいながら考える。

予想していたとおり、脅迫者は鳥羽さんなんじゃないか。

あの人が三十日の早朝、神社にいたときに妙だと思った。でも疑いが深まったきっかけは、犬のストラップだった。雫が「横浜水天宮」と口にしたので調べたところ、あれは横浜水天宮の「犬張子」と呼ばれるお守りらしい。

水天宮は、神々が住まう高天原に最初に現れたとされる天御中主神、源平最後の合戦・壇ノ浦の戦いで入水した安徳天皇、その祖母・二位尼、平家一門の菩提を弔って余生を送ったと言われる建礼門院の四柱を祀る神社だ。八幡さま同様、安産や子育ての神徳があることで知られ、総本宮があるのは福岡県久留米市。東京・日本橋の水天宮は、観光名所としても有名。

あの犬張子も、安産や子育ての神徳を秘めたお守りである。

なぜ独身の鳥羽さんが、こんなお守りを持っている？　生き別れの子どもがいるのかもしれない、とも思った。でも、亡くなった子どものことを忘れられないのだとしたら？　八幡さまに「度々参拝」しているのも、そのためでは？

鳥羽さんが「子ども祭り」のことを知った翌日に脅迫状が来たのは、偶然ではないかもしれない。そう思ったから、央輔にいろいろ調べてもらったのだ。

結果、鳥羽さんの境遇が、脅迫者のそれとかなり一致することがわかった。

三十日の早朝、鳥羽さんは雫の手紙を回収するため、神社を訪れた。しかし俺たちと鉢合わせし、白々しくとぼけた。以降は警戒し、文通をあきらめた——これで辻褄は合う。

そして雫も、このことに気づいている。急に「張り込むのはやめましょう」と言い出したのは、犬張子を見て鳥羽さんの想いに気づき、脅迫者だと見抜いたからではないか。

一目惚れしたので手紙を通してとめようとしたのに、鳥羽さんは文通をやめてしまった。証拠がないのに説得しても、聞く耳を持ってもらえそうにない。だから落ち込んで、この数日、笑顔が硬いのでは？

祭りなんて、中止になっても構わないと思っていた。でも雫や兄貴が責任を取らされることになるし、なにより、あんなに楽しみにしている人たちがいるんだ。

鳥羽さんと、話し合おう。

――わたしは、いつもそうなんです。人の気持ちがわからない……。

おそらく俺しか知らない、弱々しい雫。あんな姿は、できれば見たくない。

明日は五月四日。祝日だから鳥羽さんは大学にいないし、住所もわからない。でもあの人は、ほとんど毎日神社に来て、八幡さまに参拝している。明日も来るだろう。そこで話をつける。

とはいえ、どうすれば鳥羽さんをとめられるのだろう？

鳥羽さんをとめる方法が見つからないまま迎えた「子ども祭り」前日。五月四日の朝。

「一晩考えましたが、やはり祭りは中止にした方がいいと思います」

応接間に入ってくるなり、勘太さんは言った。神社にいるのは、兄貴と俺と、雫の三人だけ。琴子さんたちは、明日の神饌を調達するため市場に出かけている。

「今日中に脅迫者を捕まえられるとは思えません。氏子の安全確保を優先しましょう」

「総代はこう言ってるけど、どうだい、雫ちゃん？」

兄貴に話を振られても、雫は唇を噛みしめるのみ。

「当日中止なんてことになったら、宮司の責任問題に発展します。もちろん、雫ちゃんの責任にもしたくない。今日ならまだ、傷が浅くて済みますよ」

勘太さんは、孫を見守るような眼差しで雫を見つめる。兄貴も、責任問題に直面しているとは思えない、穏やかな顔つきだ。二人とも、雫が脅迫者を見つけられなかったと思っている。

「……自分が、脅迫者の正体を知っています」

膝の上で両手を握りしめ、俺は言った。隣で雫が息を呑む。胸が痛んだが、仕方がない。

「自分に任せてください。脅迫者を説得してみせます」

はったりでも、そう言うしかなかった。勘太さんが、目を丸くする。

「脅迫者の正体を知ってるのですか？　誰なんです？」

「それは、ちょっと……」

口ごもっていると、雫が独り言のように言った。

「壮馬さんは、脅迫者が誰か気づいていたのですか。では、隠す意味はありませんね」

「その言い方からすると、雫ちゃんも脅迫者の正体を知ってるの？」

兄貴に頷いた雫は、辛そうに眉根を寄せる。

「できれば誰にも知られることなく、穏便に済ませたかったんです。でも、こうなったらやむをえません。壮馬さん、手伝ってください。一緒に彼女を説得しましょう」

「――はい」

力強く頷く。鳥羽さんを説得することが、俺が雫にできる、せめてもの……うん？

彼女？

五月五日。こどもの日。源神社の特殊神事「子ども祭り」当日。

黒い冠と袍を纏い、檜扇を持った兄貴が拝殿に上がった。大きな祭りに臨む神職の正装「衣冠」だ。狩衣を着たときも威厳があるが、いまはそれ以上。普段の軽さを一切感じさせない涼しげな眼差しに、例によって、女性参拝者たちから熱いため息が漏れる。

神棚には木製の台「三方」に神饌が載せられ、義経に供えられていた。神饌をなににするかは神社によって異なるが、米や酒、魚、卵など、一応の決まりはある。魚は、生きがいいように見せるため、紐で縛って飛び跳ねているような体勢に固定する。卵に関しては、昔は鳥を供えていたが、現在は難しくなったので、代わりに供えるようになったらしい。

源神社らしい神饌は、なんといってもどら焼きだ。元町ショッピングストリートの高級和菓子店につくってもらった逸品で、三方の上に、鏡餅のように整然と載せられている。

生地は金色に、間に挟まれた餡子は漆黒に輝き、眩しい。

神棚に向かった兄貴が朗々と響く声で祝詞を上げて、「子ども祭り」が始まった。

祝詞が終わると、子どもたちが待ちかねたように歓声を上げ、境内を走り回る。桐島さんからどら焼きを二つ受け取った子どもは、嬉々として、母親にそのうちの一つを渡す。

この祭りの趣旨は理解できないままだが、渡す方も渡される方もうれしそうだ。子どもたちに渡されたどら焼きは神饌よりずっと安物なのに、やけにおいしそうに見える。

境内には、焼きそばやタコ焼き、ジュースなどの屋台も立ち並んでいた。どの屋台にも、行列ができつつある。

その人混みを前に立ち竦む女性が、一人。

俺は雫と並んで、女性の後ろに立つ。

「手紙を受け取っていただけなくて、残念でした」

雫の声に、女性の肩が跳ね上がった。こちらを振り返ろうとしたところで、しかし、女性の全身は硬直する。

「やっぱり、君だったか」

女性が見つめる先に立っていたのは、鳥羽さんだった。

4

外から響いてくる祭りの賑わいとは対照的に、社務所の応接間は静まり返っていた。兄貴たちは祭りで手一杯なので、俺と雫、鳥羽さんが、女性と座卓を挟んで座っている。

誰だ、この人？　雫が口にした「彼女」が何者か、昨日から何度訊ねても「説明するまでもないでしょう」と返されていたのだが。脅迫者の「本命」鳥羽さんは、昨日は神社に来なかったし……。

「こちらの女性は三園波留。私の別れた妻です」

鳥羽さんが言った。もちろん、俺は初対面だ。でも、この顔とベリーショートの髪型はどこかで見たような？　彼女から漂う、レモンのような香水にも覚えがあるぞ？

「十日前、坂本が貼った『子ども祭り』のポスターを興味深そうに見てましたよね」

雫が波留さんにかけた言葉で思い出した。そういえば、あのときの女性のようだ。脅迫状の効
「その二日後、あなたは長髪のウイッグを被って、ポスターを見ていました。脅迫状の効果を確認したかったけれど、後ろめたくて、変装したつもりだったんですよね」

思いがけない言葉に、身を乗り出し、波留さんの顔をまじまじと見つめてしまう。

四月二十七日、鯉のぼりを飾り始めたあの日、髪の長い女性がポスターを見ていたことは覚えている。あの女性と波留さんが、同一人物?

……だめだ。髪の長さが全然違うから、わからない。

でも、このレモンの香水は、彼女から漂っていた香りと同じ気がする。「お祭り、楽しみですね」と声をかけたとき、肩が跳ね上がったり、そそくさと去ったりしたのは、俺のせいではなく、脅迫者だからだったのか。変装していたから、堂々と姿を見せたんだ——と納得しかけたが、波留さんは首をおっとり傾げた。

「こんなところに連れてこられて、なにかと思ったら。脅迫状って、なんのことでしょうか? その日は、長い髪にしたい気分だったからウイッグを被ってきただけですよ」

そうだ。少し苦しいが、こういう言い訳もできないことはない。しかし雫は、他所行きの笑顔を浮かべたまま、引き出しにしまっていた脅迫状を取り出した。

「送られてきた脅迫状には、微かに香水のにおいが染み込んでいました。高級そうなレモンの香りです。このにおいと、波留さんがつけている香水のにおいが同じでした」

最初に脅迫状が送られてきたとき、雫は犬が未知の物体を警戒するように、においを嗅いだ。ウイッグをつけた波留さんが神社に来たときは、鼻で大きく息を吸い込んだ。

あのとき、波留さんの香水の残り香を嗅いでいたんだ。

「怒ってませんけれど」と言った雫は、本当に怒っていなかった――。

「ウイッグと香水から、わたしはあなたが脅迫者だと確信しました。顔も記憶したので、いざとなれば捕まえることができる。でも、できるだけ穏便に済ませたかったんです。なのに、あなたはお返事をくれなくなったし、神社にも来なくなった。このままでは、神職たちに事情を話さなくてはならなくなる。どうしたらいいか、この数日悩んでいました」

「あっ」と、声を上げかけてしまう。

雫の笑顔が硬かったのは、これが原因――鳥羽さんは関係なかったんだ！

少ない手がかりから脅迫者の正体を見抜き、しかも穏便に解決しようとしていただなんて。兄貴や琴子さんの言うとおり、雫は頼りになる名探偵だった。

「でも坂本も、あなたが脅迫者だと気づいてしまいました。もう隠しようがない――」

「弱々しいこの子を見たくない」とがんばっていた俺は、とんだ空回りということに……。

俺が顔を背けたからだろう、雫の言葉がとまった。おそるおそる視線を戻すと、雫は大きな瞳で、じっと俺を見つめている。

――脅迫者の正体に気づいてなかったのですか？

瞳の問いかけに、ばつの悪さを隠せぬまま頷く。次の瞬間、雫の全身から凍て（い）つく波動が迸（ほとばし）った。逃げ出しかけたが、雫は唇を噛むと笑顔に戻り、波留さんを見据える。

「穏便に済ませられなかったのは、わたしの力不足です。申し訳ありません」

「久遠さんが同じだと思っただけで、実際は違う香りかもしれませんよ。もう手紙に染みた香りは消えているでしょうから、確かめようがありませんけどね」

「同じ香りでした」

雫は笑顔で断言して続ける。

「あなたがお返事をくれなくなったのは、鳥羽さんを警戒したからですよね。四月三十日の早朝、あなたはわたしの手紙を回収しに神社に来た。でも、そこに鳥羽さんの姿もあった。鳥羽さんが、こんな早朝に神社にいるのはおかしい。自分のことをさがしているのかもしれない。そう思ったから、わたしとの文通をやめたんです。

鳥羽さんも、波留さんがなにかしようとしているのかもしれないと心配した。だから、あんな時間に神社にいたんですよね」

鳥羽さんが「すみません」と頭を下げる。

「あなたたちと初めて会った日、波留をこの神社で見かけました。随分と思い悩んだ顔をしていましたが、声をかけるべきか迷っているうちに見失ってしまった。それから、『子ども祭り』の開催が危ぶまれていることを知りました。心配になって波留の実家に問い合わせたのですが、取り次いでもらえないし、いまどこに住んでいるかも教えてもらえなかった。昨日、改めて訪問して一日中粘ったのですが、相手にされませんでした」

「どうしてそのことを、自分や久遠に教えてくれなかったんです？」

「久遠さんと同じですよ。できるだけ穏便に、ことを済ませたかったんです。もし波留が誰かを傷つけるつもりなら、私の命に代えてもとめるつもりだった」

「きれいごとはおやめください」

おそろしいほど他人行儀な口調で、波留さんは言った。

「あの子が――ヨウタがいなくなってから、あなたは私を捨てたじゃないですか。よそに女をつくったじゃないですか。なのに、なにをいまさら」

そうだ。波留さんは身勝手だが、そもそもの原因をつくったのは鳥羽さんなんだ。

周りから愛妻家だと思われていたのに、不倫するなんて。それも、子どもの命日にまで。

「家を出て一週間くらいしてから、あなたが女子大生らしい子と中華街を歩いているところを見かけましたよ。彼女がお相手ですか。職業上、問題があるのではありませんか」

「学生と歩くことくらいある」

「その割には仲がよさそうでしたけど」

波留さんは場違いに楽しそうに微笑むと、雫に目を向ける。

「この子みたいな雰囲気でした。こういうお嬢さまっぽい女性がお好みなんですね。この神社にも、よく顔を出してらっしゃるみたいね。お目当てはこの子？　あの女子大生はとっくに捨てて――」

「そういう言い方はやめろ」

鳥羽さんの意外な激情に、重たい沈黙が落ちた。

一応これで解決だが、波留さんは脅迫を認めていない。また同じことを繰り返すかもしれない。でも俺たちにはどうしようもない……。苦い思いを嚙みしめ、雫を見る。

表情が氷に戻り、瞳は小刻みに揺れていた。

「どうしたんですか」

「――いえ、その……検討していたんです。自分の考えが、正しいのかどうか」

そんな様子には見えなかったが、雫は一旦目を閉じてから、波留さんを真っ直ぐに見据えた。

波留さんだけではなく鳥羽さんも、突然、表情が氷と化した雫に戸惑っている。

「確認させてください。ヨウタくんの漢字は『葉(は)』っぽに『太(ふと)』いと書くのでしょうか」

「そうですけど」

「でしたら、間違いありません。鳥羽さんはいまも、葉太くんを大切に想っています」

「私の話を聞いてましたよね？」

「はい。それでも、わたしの考えは変わりません。鳥羽さんは葉太くんのことを忘れられなくて、八幡さまにお参りしたり、横浜水天宮の犬張子のストラップをつけたりしているのですから」

それから雫が続けた説明は、俺の考えとほぼ同じだった。

「このことから鳥羽さんは、亡くなった葉太くんを想っていることがわかります――いかがですか、鳥羽さん。葉太くん以外にお子さんがいるのなら、話は変わりますが」

「私の子どもは葉太一人ですよ」

葉太一人。その言葉には、強い想いがこもっていた。

「思ったとおりです」

推理が当たっていたにもかかわらず、雫の表情は絶対零度のままだ。

少しはうれしそうにするとか、得意げになるとか、感情を見せればいいのに。

波留さんの顔に動揺が走った。しかし、それをかき消すような強い語調で言う。

「鳥羽さんは、知らない香水のにおいをさせていたんですよ。しかも、葉太の命日にも遊び歩いていたんです。たとえいま葉太のことを想っていたとしても、それは私が出ていって、さみしくなったから。遅すぎるんです」

「波留さんは、香水がお好きですよね。今日もつけているし、手紙にも残り香がついていましたから」

唐突に、雫は言った。波留さんは当惑顔で頷く。

「だから、鳥羽さんがほかの女の香水をつけているとわかりました。それがなんだと？」

「ほかの女性の香水ではありません。あなたにプレゼントする香水をつくっていたんです。ご存じでしょうが、自作の香水というものがあります。市販の材料を組み合わせ自宅でつくることもできますが、カルチャースクールやお店で本格的につくり込む人もいる」

元町ショッピングストリートにも、世界に一つだけのオリジナル香水のつくり方をレクチャーしてくれる店があることを思い出す。

「お手紙によると、鳥羽さんからは新緑のような香りが漂っていたんですよね。それは葉太くんを――葉っぱをイメージして、鳥羽さんが試行錯誤を重ねてつくっていた香水だった。引き出しに隠されていた小瓶は、これを入れるためのもの。それを、あなたが誤解したんです」

「葉太の命日にも香水をつくっていた、と言いたいんですか。信じられませんね。命日で、しかも『こどもの日』なんですよ。そんな日にプレゼントなんてされても、うれしくありません。あの子のことを想うなら、私といてくれれば――」

「命日で、『こどもの日』だからこそです。お母さんに感謝する日ですから」

「『こどもの日』は子どものための日でしょう。なんでお母さんに感謝するんですか」

思わず口を挟んでしまった俺に、雫はゆっくりと視線を向けてきた。

瞳が「これ以上ない」というレベルで冷たくなっている。

「本気で言ってるのですか？」

「本気もなにも……『こどもの日』は、子どもの成長を祝う日だし……」

雫の口が「あ」と大きく開いた。

「そういえば壮馬さんには、説明が途中でした。わたしの責任ですね」

「いや、責任まで感じられても」

「感じて当然です」

うん？　ちょっと前にも似たような会話をしたような？

「『こどもの日』は、お母さんに感謝する日でもあるんです。『国民の祝日に関する法律』に、こうあります」

第二条「国民の祝日」を次のように定める。
こどもの日　五月五日　こどもの人格を重んじ、こどもの幸福をはかるとともに、母に感謝する。

雫が諳(そら)んじた条文を耳にするのは、初めてだった。どうして「こどもの日」なのに母に感謝しないといけないのか、いまいち納得できない。

でも「子ども祭り」で、子どもが母親にどら焼きをプレゼントする理由は腑に落ちた。

「子ども祭り」の趣旨は、子どもの幸福を願いつつ、母親に感謝することにあったんだ！

「『国民の祝日に関する法律』が施行されたことを踏まえて、当時、源神社にいた神職が、子どもだけでなく、お母さんにも喜んでもらえるお祭りにしようとしたのでしょう。法律が施行された一九四八年は、まだ戦後間もないころです。食料が不足していたから、『お母さんにもどら焼きを食べさせてあげたい』という思いもあったのかもしれません。その一環で、義経公が母にどら焼きを贈った、という逸話を創作した」

そういえば雫は、法律制定を機に「少し内容は変わりました」と言ってたじゃないか。「子ども祭り」について「戦後になにがあったんでしょうね」と笑う俺を、雫が「宮司さまの弟の言葉とは思えません」とあきれていたのは、これを理解していなかったから。

波留さんが、鳥羽さんにこわごわ顔を向ける。

見つめ返す鳥羽さんの表情は、鉄仮面の硬度が増したように見えた。

「鳥羽さんは、一九四八年に『国民の祝日に関する法律』が成立して、五月五日が『こどもの日』に定められたことを知っていました。そこまで詳しいなら、条文も知っているはず。この日に波留さんにプレゼントしようとしたのは、母親であるあなたに感謝しようとしたからだったんです。鳥羽さんにとって、あなたはずっと葉太くんのお母さんだったんですよ」

「……この子の言ってることは本当なの、真さん？」

「鳥羽さん」ではなく「真さん」と、波留さんは言った。

鳥羽さんは、静かに頷く。

「どうして……言ってくれたら……」

「あの日、俺は君にプレゼントを渡すことを示唆する言葉を残して出かけた。でも俺が不倫していると思い込んでいた君は、外出する言い訳としか受け取らなかった。そんな思い込みをされているなんて、想像もしなかったけどな」

「『もう子どもはつくれない』と決めつけて……」

「そんな言い方はしていない。『二人だけでも生きていこう』と言ったはずだ」

「なにをしてるのか訊ねても、はぐらかして、嫌な笑みを……」

「『楽しみにしていてくれ』と微笑んだつもりだったんだがな」

「でも、あなたは葉太が死んでもすぐに立ち直って……笑顔で……」

鳥羽さんの顔から、鉄仮面がゆっくりと融け落ちていく。

現れたのは、なにかに耐えるような、辛そうな顔。

「君のために、無理をしていただけだよ」

もたらされた一言に、波留さんの両目が大きく揺らめいた。

「君が出ていった後で、お義父さんにはすべてを話した。でも聞く耳を持ってもらえず、君に会わせてもくれなかった。せっかくつくった香水も、受け取ってもらえなかった」

「ごめんなさい……私、私は、父にあなたのことを……その……」

「せっかくだから、どら焼きをもらって帰ろうか」

鳥羽さんは言った。

すがりつこうとする波留さんを寄せつけない、鉄仮面が発しているような声音だった。

＊

「具体的になにかするつもりはなかったんです。でも子どもたちを前にしたら、衝動的に取り返しのつかないことをしていたかもしれない。とめていただき、ありがとうございました」

波留さんは力の抜けた声で言って、鳥羽さんとともに帰っていった。

こうして「子ども祭り」が無事に終わった翌日。

八幡さまの摂社で、雫は両目を細め、お姫さまだっこの桜を見上げていた。

この場所でこういう目をすることは時々あるが、今日はいつも以上に切なげだ。

鯉のぼりをはずした俺が脚立から下りると、雫は我に返ったように言う。

「鳥羽さんと波留さんは、また夫婦に戻るのでしょうか」

「戻らない――いや、戻れないと思います」

鳥羽さんの最後の声音を思い出しながら、俺は答える。

誤解が解けたとはいえ、割り切れるものではないだろう。かなしいのは、波留さんだけじゃない――鳥羽さんは、そんな当たり前のことに気づいてもらえなかったのだから。

雫が、俺から受け取った鯉のぼりを畳みながら言う。

「わたしのせいですね。もっと上手に動いていれば……」

「でも鳥羽さんは、どら焼きをもらってくれました」

意味がわからず大きな目をしばたたく雫に、俺は続ける。

「『子ども祭り』は、お母さんに感謝するお祭りでもあるんでしょう。鳥羽さんは、どら焼きをあげて感謝したんですよ。『お母さん』の波留さんに」

葉太くんはもういない。でも波留さんは、いまもこれからも葉太くんの「お母さん」。きっと、その気持ちを込めて。

「雫さんのおかげで、『子ども祭り』ができたからです。それで充分だと思いますよ」

鳥羽さんと波留さんのためだけじゃない。兄貴や琴子さん、氏子さん、子どもとお母さんたち、もちろん、雫のためにも。

「子ども祭り」ができて、よかった。

みんな、とてもいい顔をしていたから。

「……そうですね。鳥羽さんや波留さんが参拝したとき、少しでも心が安らぐようお出迎えする。わたしたちにできることは、それくらいですね」

「あんなことがあったんです。波留さんはもちろん、鳥羽さんだって来づらいと思いますよ。ヘッドハンティングされて横浜大学に移ったらしいから、研究も忙しいでしょうし」

俺が深く考えず口にした言葉に、雫は氷塊の瞳を丸くした。

「え？　じゃあ鳥羽さんには、もう会えない……？」

「——前々から思ってましたけど、雫さんは、鳥羽さんが気になっているみたいですね」

できるだけさりげない口調で訊ねると、雫は表情を一変させ、眉間にしわを寄せた。

「そんなことはありませんが」

「でも鳥羽さんの前だと、笑顔がぎこちないですよ」

「仮にそう見えるとしたら、生まれて初めて『かわいい』と言われたからでしょうね」

え？

――清楚でかわいらしかったものだから。

確かに鳥羽さんは、初対面でそう言っていたけれど。

「この前、俺もかわいいと言ったはず……」

「あれは、ただの勢いでしょう」

「いや、でも……一度も言われたことがないんですか」

「そうですけれど、なにか？」

睨まれ、「いえ、なにも」とごまかしたものの、意外だった。

あまりに美形すぎて、却って誰も口にできなかったのだろうか？

「でも、もう慣れました。今後は鳥羽さんにも愛嬌を振り撒くつもりだったから、いらっしゃらないとしたら残念と言えば残念――」

「おはようございます」

階段を上ってきたのは、鳥羽さんだった。思いがけない来訪に息を呑む間もなく、鳥羽さんは深々と一礼する。

「昨日は、本当にご迷惑をおかけしました。今後は、もうここには——」

「これからもいらしてください！」

雫がすがりつくように言う。こわいくらい真剣な面持ちだ。

「せっかくのご縁なんです。義経公もお待ちしていると思いますから、ぜひ！」

雫の勢いに圧倒されていた鳥羽さんだったが、息をつくと静かに微笑んだ。

「そこまで言っていただけるなら。この神社の清浄な雰囲気は好きですしね」

「——ありがとうございます」

雫は絞り出すように言うと、小走りに階段を下りていった。不審そうに俺を見遣る鳥羽さんに、ごまかし笑いを浮かべることしかできない。

明らかに雫は、鳥羽さんのことが好き——控え目に言っても、気になっているとしか思えない。やっぱり一目惚れしたんじゃないか？　でも鳥羽さんは、雫よりずっと年上なんだ。雫を恋愛対象と見るはずはない。雫の憧れだけで終わるだろう、うん。

……って、なにを自分に言い聞かせてるんだ、俺は？

風が吹き、葉桜のざわめきが鼓膜を揺すってきた。その音に釣られて振り返る。

社の脇に立つ桜の枝が、静御前をお姫さまだっこする義経にしか見えなくなった。

第三帖

移転を嫌がるご事情は？

1

「久遠さんは、表情が豊かですよね」

聞き違いかと思ったが、雫を見つめる鳥羽さんの眼差しは、真剣そのものだった。

雫は琴子さんの手伝いで初宮参りを終え、拝殿から出てきたところである。初宮参りとは、赤ちゃんが生まれたことを神さまに報告して、健やかな成長を願う儀式のことだ。参拝だけで済ませる人もいるが、神職に依頼して祝詞を奏上してもらう人もいる。

本日の依頼主は、若い夫婦と、双方の両親だった。初宮参りでは、父方の祖母が赤ちゃんを抱きかかえるしきたりになっている。だからだろう、母親が待ちかねていたように赤ちゃんをだっこした。琴子さんがなにか言うと、みんな楽しそうな笑い声を上げる。

その琴子さんは、頭に黒い額当を、上衣に淡い橙色の表着を纏っていた。女性神職が祈禱をするときの装束で、それぞれ男性神職の烏帽子、狩衣に該当する。

琴子さんの傍らに立つ雫が羽織っているのは、白地に松の模様が鏤められた千早。巫女が神事に携わるときの正装だ。初宮参り中は、神棚に榊を捧げたり、神楽鈴を鳴らしたりしていた。

赤ちゃんを見つめる目は、糸のように細められている。いつもの冷え冷えとした無表情とも、参拝者向けの愛嬌あふれる笑顔とも違う。あたたかで、愛おしそうな眼差し——あまり見たことがない顔つきの雫だ。

「普段は愛らしい笑顔なのに、推理を述べるときは感情が消える。かと思えば、赤ちゃんを見つめるときは、あんなに愛おしそうだ。本当に表情が豊かですよね」

「……そういう見方もできますね」

「こんにちは、鳥羽さん。いらしてたんですね」

依頼主一家を見送った雫が、小刻みな歩幅で、足早にやって来た。最初のころよりはましになったが、鳥羽さんを前にしたときは、やっぱり笑顔がぎこちない。

「今日は午前中で講義が終わりだったんです。初宮参りをやっていたんですね。その年で神事をこなすなんて、久遠さんは本当にしっかりしている。家ではいいお姉さんをしていそうだ」

「よく言われるけど、一人っ子なんです」

「意外だな。なら神事に慣れているのは、実家が神社だからとか？」

「それはあるかもしれませんね」

「確か、出身は北海道だったよね。なんていう神社？」

「地元の人しか訪れないような、小さな神社ですよ」

随分と仲よさそうに話しているな。しかも鳥羽さんは時々、敬語が抜けている。それも、極々(ごくごく)自然な形で。まさか、鳥羽さんも雫のことを？　ばかな。年が一回り以上離れているんだぞ。でも忙しいだろうに、なんのかのでよく参拝に来るし……。

悶々(もんもん)とする俺を置き去りに、鳥羽さんと雫は親しげに話しながら鳥居の方へ歩いていく。紺色のジャケットを着た長身の鳥羽さんと、千早を纏った小柄な雫。二人を囲うように生い茂る、緑が深くなった境内の樹木や、紫の花を輝かせる藤棚。絵はがきにでもなりそうな風景だった。参拝者も、足をとめて二人を見つめている。

半月前の「子ども祭り」の一件以来、自分があの子に抱きかけている気持ちは、まあ、わかる。だから、この状況は――。

「辛いよなあ、坊や」

びくりとしながら振り返ると、背が低くてやせこけた、骸骨(がいこつ)を思わせる男性が立っていた。この外見と薄い頭髪のせいで、五十代なのにもっと老けて見える。上に着ているのは俺と同じ白衣だが、袴の色は高位の神職しか穿くことを許されない紫。

「なにが辛いんですか、白峰さん」

「ごまかすなよ」

白峰仙一郎さんは、口の端を皮肉っぽく歪めた。

源神社に奉務する、四人の神職の一人である。兄貴や琴子さん、桐島さんと違って助勤。

複数の神社に掛け持ちで通う、非常勤職員のような人だ。基本は週三回の奉務だが、経験豊富なので先代が亡くなったときは宮司に推す声もあったらしい。しかし本人が「こんな人気のある神社の宮司なんて面倒くせえ」と固辞した。

このことからもわかるとおり、白峰さんは口が悪い上に面倒くさがりやで、およそ神職らしくない。いま浮かべているニヤニヤ笑いも、どう見ても「ガラの悪いおっさん」だ。

「早く嬢ちゃんに告白して、振られちまったらどうだ？」

「雫さんに、そういう感情は抱いてませんから」

さりげなく距離を取り、箒で玉砂利をならす。白峰さんは無言で寄ってきて、俺の傍らに立つ。その状態がしばらく続いたが、耐え切れなくなって俺は言う。

「なんですか」

「そういう感情を抱きかけてるんだろう。高望みしすぎだがな。坊やがその気になったのは、宮司夫婦のせいか。あの人たちの責任は重大だな」

「抱いてませんってば」

「とはいえ、自分の気持ちを打ち明けないと、この先、何年も後悔することになるぞ」

「俺の話を聞いてます？」

「せっかく恋愛パワースポットがあるんだし、お姫さまだっこの桜の下で告白したらどうだ？　嬢ちゃんですら、あそこでは切なそうな顔をすることがあるんだ。それでだめなら、あきらめもつくだろう」

「だから俺の話を――」

「なにを騒いでいるのでしょうか」

冷え冷えとした声に、空気が凍りついた。声の方に、白峰さんとこわごわ顔を向ける。

雫が、全身から冷たい波動を発して立っていた。身長は一五〇センチ前後しかないのに、こちらを呑み込むような、圧倒的な威圧感を醸（かも）し出している。

「奉務中に騒ぐのは、やめてください」

『はい!!』

大の男がそろって、十七歳の少女相手に背筋を真っ直ぐ伸ばして返事をしたのだった。

白峰さんに絡（から）まれると、毎度ろくなことがない。その思いが新たになった翌日のこと。

英国紳士。

社務所の応接間に入ってきたその人を目にした瞬間、俺の脳裏をよぎったのはその単語だった。草花が生い茂る広い庭を眺めながら、優雅にティーカップを傾け妻と語らう――そんな一場面(ワンシーン)が似合いそうな男性だったのだ。服装は、黒みがかったスーツ。

「黒須(くろす)譲治(じようじ)と申します」

英国紳士こと黒須さんが、ロマンスグレーの頭を下げた。名前まで、少し外国人っぽい。

「雫ちゃんと壮馬のことは、もう話してある。黒須さんの相談に乗ってあげてほしい」

「お力になれることがあるなら喜んで！」

兄貴の言葉に、雫はいつものとおり、完全無欠の営業スマイルで応じた。黒須さんは
「ご協力感謝します」と、わざわざ畳に両手をついてから話し始める。

黒須さんは、横浜市役所の都市整備局市街地整備調整課に勤務している。担当は、菊名(きくな)駅近辺の区画整理。JR横浜線と東急東横(とうきゆうとうよこ)線の二路線が乗り入れる菊名駅は乗り換え駅として利用客が多く、終日、混雑している。これを緩和(かんわ)するため、リニューアル工事の真っ最中だ。

関連して駅前道路の拡張も計画されているが、近隣住民の間で賛否分かれているのが、道路沿いにある菊野原(きくのはら)神社の移転だった。

主祭神は菅原道真(すがわらのみちざね)。詳細な史料が残っていないので来歴は不明だが、小さい割には参

拝者が多く、移転に反対する声もある。

移転先はどこにするのか？　社殿の建て替えはどうするのか？　境内の樹木は移植するのか、根元から斬伐するのか？　解決しなくてはならない問題は山積みだが、市としては、とにかく神社と交渉したい。氏子たちも「宮司さんに一任する」と言っている。宮司が頑固で難儀したが、ひとまず交渉のテーブルには着いてもらえることになった。

「ところが宮司さんが高齢で引退して、四月から別の神職さんが就任したのです。その人から『交渉の余地はない』と突っぱねられてしまいました」

新宮司が就任して早々、御神木の楠に季節はずれの雷が落ちて倒壊の危険が生じたので、やむなく半分ほどの高さで斬伐した。御神木とは神が宿っている、神聖不可侵なもの。そこに雷が落ちたのは道真公が移転にお怒りだから——それが新宮司の言い分だ。

「新宮司は最初から険悪な態度でしたし、御神木を口実に駄々をこねているとしか思えない。そこでお願いです。交渉のテーブルに着くよう、彼を説得していただきたい」

「久遠は一介の巫女ですよ。宮司を説得するのは、さすがに無理です」

「雫ちゃんならなんとかなるよ。その宮司さんのことは、よく知ってるんだし」

兄貴が言い終えるのと同時に、襖が勢いよく開く。

白峰さんが、くぼんだ目に憤怒の炎を滾らせ仁王立ちしていた。

「自力じゃ解決できないから、周りに泣きついたか」

白峰さんが吐き捨てた。俺は、小声で兄貴に訊ねる。

「菊野原神社の新宮司って、白峰さんなのか？」

「うん。助勤の神職が、小さな神社の宮司を掛け持ちすることはよくあるんだよ」

兄貴が答えている間に、白峰さんは応接間にどかどかと踏み込んでくる。

「相変わらず卑怯な男だな、お前は」

「そんな言い方はしないでくれ、シラちゃん」

「気安くあだ名で呼ぶな。お互い、もう子どもじゃないんだからさ、黒須さん、」

「お二人は知り合いなんですか？」

俺の問いに、白峰さんは顔をしかめて頷いた。

「俺が小四のとき、こいつが転校してきたんだ。先生に気に入られるのがうまい奴でな。勉強も運動も、卑怯な手を使ってトップになりやがった」

「私はそんなことをした覚えは……」

「水掛け論だな。とにかく移転の件は、誰に相談したところで無駄だぞ。なんで嫌いな奴と交渉なんぞせねばならんのだ」

「白峰さんが黒須さんと交渉しない理由はそれですか？　道真公がお怒りという話は？」

「そんなもん、口実に決まってるだろ」

思わず訊ねた俺に開き直った白峰さんは、黒須さんに向かってやせた胸を大きくそらす。

「菊野原神社はずっとあの場所だ。悔しいだろう。ざまあみろ！」

白峰さんが出ていくと、兄貴は「うちの神職が失礼しました」と頭を下げた。黒須さんは「お気になさらず」と首を横に振る。

「市としては、話し合いたいだけですから。どうか説得をお願い致します」

落ち着いた口調で語り、黒須さんは帰っていった。見た目だけでなく、中身も紳士じゃないか。どこが卑怯者なんだ。

「というわけで頼んだよ、雫ちゃん。壮馬もアシストをよろしく」

「さっき言ったとおり、いくら雫さんでも白峰さんを心変わりさせるのは難しいですよ」

「難しいというより、わたしには無理ですね」

ずっと黙っていた雫が口を開いた。

「今回の件は『黒須さんが嫌い』という、白峰さんの個人的な感情が原因です。解かなくてはならない謎があるわけではないから、わたしの得意分野ではありません。でも壮馬さんなら、なんとかできるはず」

意味を理解できないでいるうちに、雫は大きな瞳で俺を見上げた。

「よろしくお願いします。壮馬さんは、他人の気持ちを思いやれる人。きっと白峰さんを説得できる。微力ながら、わたしもお手伝いします」

「そんなこと言われても……」

「雫ちゃんがここまで言ってるんだ。任せたよ、壮馬。作戦会議をしよう。雫ちゃんは、仕事に戻ってくれて構わない」

しどろもどろになる俺を無視して、兄貴は一方的に決めてしまった。

「俺に白峰さんの説得なんてできるわけないだろ」

雫が出ていくなり敬語を抜いて詰め寄ると、兄貴は真剣な面持ちで腕組みをした。

「今回は『苦手分野に遭遇した探偵役(ホームズ)の助けを借りながら、助手役(ワトソン)が真相に迫る案件』だね」

「誰が助手役(ワトソン)だ」

「ほめ言葉だよ、雫ちゃんを助けてるんだから。でも白峰さんは、壮馬が高望みしすぎと言っているみたいだね。ここで説得できないようでは、そう言われても仕方ないかもしれない」

話が妙な方向に行っている。

「白峰さんに頼んで、一度だけ説得の機会をつくってもらおう。失敗したら、雫ちゃんを壮馬の教育係からはずすことにする。六月三十日に夏越大祓式があある。参拝者の穢れを落とす、大切な儀式だ。二週間くらい前からその準備で慌ただしくなるから、いまから約一ヵ月後、六月十五日までに白峰さんを説得すること。がんばるんだよ、壮馬。お兄ちゃんは信じているからね」

2

俺が抗議しても兄貴の決定は覆らず、白峰さんも「宮司に免じて一度だけチャンスをくれてやる」と承諾してしまった。そして雫からは、こう言われた。

「よろしいのではありませんか。わたしが教育係からはずれても、壮馬さんにはなんの影響もないでしょうし」

——人の気も知らないで。

かくして俺は説得のヒントをさがすため、当面、白峰さんの仕事を手伝うことになった。

翌日の朝九時。俺と雫は、菊野原神社にいた。辺りに商店が立ち並ぶ中、この一角だけくり貫かれたような、不思議な空間だ。

道路を挟んだところに、菊名駅の東口がある。通勤ラッシュのピークはすぎたが、まだ大勢の人が行き来していた。狭い道路に送迎の車がとまると、さらに混雑が増す。菊野原神社が普段は無人だからか、白衣白袴と巫女装束の俺たちに、珍しそうな視線を向けてくる人も多い。

菊野原神社を振り返る。石造りの鳥居をくぐった先に、大きな楠があった。見上げると、高さ七、八メートルほどのところで斬伐されている。ほかに大きな木はないし、幹には紙垂が吊るされた注連縄(しめなわ)が巻かれているし、これが落雷のあった御神木に違いない。境内も狭い。御神木の割に社殿は小さく、人が二人も入れば一杯になりそうだった。

なのに、社殿の前で不自然に距離を置いている男性が二人。

白峰さんと黒須さんだった。

黒須さんは、今日も黒みがかったスーツをきっちり着こなしている。

「おはようございます。どうなさったんですか、黒須さん」

「坂本さんにお手数をおかけしているので、せめてご挨拶をと思ってまいりました」

そんなことのためにわざわざ来てくれるなんて。この人は本当に紳士だ。

「よろしくされたところで、坊やにはどうしようもないぞ」

対照的に白峰さんは、チンピラのような顔をして毒づく。白衣と紫の袴を纏っているのに、神職らしい高潔さが微塵(みじん)もないのが逆にすごい。

「いい年して、若者にすべて押しつけるとは。黒須さんは、相変わらずの卑怯者だな」

「黒須くんは卑怯者なんかじゃないでしょ！」

女性の声が響き渡った。グレーのパンツスーツを着た長身の女性が、大股(おおまた)で境内に入ってくる。美人ではあるが目つきの険しい、見るからに気が強そうな女性だ。

「心配で来てみれば。相変わらず黒須くんを目の敵(かたき)にしてるのねえ、白峰くん」

「桃花(ももか)ちゃんには関係ないだろ」

「あるわよ、同僚なんだから」

黒須さんが、白い物の交じった眉をひそめた。

「ありがたいけど、これは私の仕事だ。桃花さんを巻き込むわけにはいかない」

「黒須くんは優しすぎるの。白峰くんは頑固だから、はっきり言ってやらないと」

桃花さんは、きりりとした眼差しで白峰さんを見下ろす。

「黒須くんに勉強も運動もトップの座を奪われたから、やっかんでるんでしょ。黒須くんは努力して、実力で白峰くんを追い越したのに。得意だった歴史でまで抜かれちゃったことには同情するけど、四十年も前のことよ。いい加減、忘れなさい」

「実力なんかじゃない。こいつは陰で、いろいろと卑怯な手をだな——」

「具体的には、どんな手を使ったのよ?」

「い……いろいろだよ、いろいろ!」

一ミリも具体的ではないことを叫ぶ白峰さん。桃花さんは、腕組みをして息をついた。

「黒須くんは、私の初恋の人なの。この人のことは、君なんかよりずっとよくわかってる。逆恨みはほどほどにして、交渉に応じなさい」

「初恋って……よくも平気な顔をして言えるな」

「みんな、もう何年も前に結婚してるんだもん。昔のことなんて笑い話でしょ」

あっけらかんと言う桃花さんに、白峰さんは目を白黒させ、黒須さんは照れくさいような、いたたまれないような顔になった。

女性は男性と違ってドライだな。まあ、そういうものだとわかってはいるが。

「壮馬さん」

雫が俺に耳打ちしようと背伸びするが、限界まで爪先を立てても全然届かない。膝を屈めると、雫は目礼してから囁いた。

「やっぱり、わたしは役に立ちそうにありません。帰ります。後はがんばってください」

黒須さんと桃花さん、それに雫が去ってから境内を掃除して、白峰さんの車に乗り込んだ。管理する神社の手入れや各種儀式の施行で遠出が多いため、神職に運転免許は不可欠だ。白峰さんも運転は慣れたもので、「坊やは助手席に座ってな」と言ってくれた。

早々に帰るとは……。雫はドライを超えてコールドだった。本当は、俺を手伝うつもりなんてないんじゃないか？

でも、おかげで冷静になれた。

白峰さんは、転校生の黒須さんに勉強も運動も追い抜かれた。実力で負けたのに認めたくなくて、「卑怯な手を使った」と逆恨みしていた。それが今回の移転話で一気に再燃した――桃花さんの話をまとめると、そうなる。

でも小学生のときの逆恨みを、ここまで長々引きずるだろうか。隠しているだけで、黒須さんを嫌う理由は別にあるのでは？　それを突きとめれば、なんとかなるかもしれない。

「いまもまだ、信心ゼロなのか」

白峰さんが、運転しながら訊ねてきた。

「ええ、まあ」

「兄貴が宮司なのに、珍しい兄弟だよな」

「兄貴とは年が離れてるし、日本神話に出てくる神さまの名前はややこしくて、昔から頭に入ってきませんでしたからね。それに……いえ、なんでもありません」

「思わせぶりだな、言えよ。宮司にも嬢ちゃんにも、内緒にしてやるからさ」

迷ったが、会話が弾めば白峰さんがなにを隠しているかわかるかもしれない。

先輩のことは避けながら話そう。

「神さまって、参拝者に都合よく利用されすぎじゃありませんか」

白峰さんの右眉が興味深げに上がったのを見て取って、俺は続ける。

「源神社の源義経だってそうだし、ほかにも、例えば菅原道真は、いまでこそ学問の神として崇められているけど、没後は怨霊とおそれられていたんですよね。藤原氏に嵌められて北九州に左遷されて、非業の死を遂げたんだから当然です。でも学者だったからか、学問のご利益があると考えられるようになった」

「そうだな。西暦九〇三年に亡くなってしばらくは、この世に災いをもたらす死者の霊、いわゆる御霊とおそれられていた。神さまとして祀られたのは、鎌倉時代初期にかけて。怒りを鎮めるためだ。学問の神として信仰されるようになったのは、庶民に浸透したのは江戸時代に入って、寺子屋が各地にできてからだと言われている」

言葉がすらすら紡がれる。桃花さんが、白峰さんは歴史が得意だったと言ってたっけ。

「神さまとして祀ったのも、学問のご利益があることにしたのも、後世の人の勝手ですよね。こういう扱いをされている『元人間』の神さまって、全国の神社にいるじゃないですか。亡くなった人を利用しているようで、どうしても抵抗があるんですよ」

「おもしろい見方だ。神道は教典がないから、神さまとの向き合い方は自由で構わんさ。かくいう俺も、神職になると決めた時点では日本神話のよさなんてわからなかったしな」

「なら、どうして神職になろうと思ったんです？」

「実家が神社で、親父が宮司だったんだよ。あの人を見てたら神職になんてなりたくなかったぞ。休みは不定期だし、小さな神社だから、ほかの神社を掛け持ちしないと食べていけない。大晦日と正月は参拝者の応対に忙殺されて、家族みんなで紅白歌合戦を観たり、お節料理を食べたりするなんて夢のまた夢だ。でも俺が三十路目前に、親父が倒れてな。『後を継いでほしい』と遺言されたんで、資格を取った」

神社で働き始めて二ヵ月になるが、こんな個人的な話をするのは、もちろん初めてだ。

「神職になってからは、いいことも悪いこともあった。でも、この数年が一番充実している。栄達さんと仕事しているからだろうな」

「兄貴は、そんなにすごい神職なんですか」

「もちろんだ。好きな言葉が『政教分離』と『商売繁盛』だぞ。神道にのみ邁進する高邁さと、適度な金銭感覚を兼ね備えた、バランスの取れた神職だ」

「バランスが取れてると言わないでしょう、それ」

「言うさ。だから自分さがしの旅に出る坊やに、いろいろ託したんじゃないか」

「『商売繁盛』しか重視してませんでした、あれは！」

——せっかくだから、旅先で出会った人たちに授けてきてよ。うちは通販してないから、義経公のご利益を広げるいい機会だ。

去年の夏、兄貴はそう言って、源神社で扱っているお守りを全種類、俺に大量に渡してきた。

お守りは「売る」ではなく「授ける」、参拝者の方も「買う」ではなく「受ける」という。お守りには神さまが宿っているとされるので、「売買」という言い方は失礼だからだ。そのため、社務所で参拝者とお守りをやり取りする場所は「授与所」と呼ぶ。

当時の俺はそんな知識などなく、「授ける」という言葉を字面どおりに受け取り、旅先で出会った人たちに無料（タダ）で片っ端から配ってしまった。

そう報告したときの兄貴のがっかりした顔は、いまもはっきり覚えている。「海外では『日本の神秘！』と喜ばれて、あっという間になくなった。ご利益が広がったぞ」とフォローしても、「でも一円にもなってないよね」と肩を落としていた。

「その話、兄貴から聞いたんですか」

「琴子さんからだよ。こう見えても信頼されてるんだ。彼女の写真の師匠だしな。神職になる前はカメラマンのアシスタントをしていたから、撮影の仕方だけじゃなく、画像補正や、合成写真のつくり方も伝授——ま、そんなことはどうでもいい」

白峰さんは早口に言った。写真が得意な琴子さんの師匠なら、相当な腕前のはずだ。話を終わらせたのは、照れくさいからか。

むちゃくちゃな人ではあるが、少し希望が見えてきた。

琴子さんが信頼するくらいなのだ。なんのかのと言って、悪い人ではないのだろう。

隠していることを見抜いて話し合えば、説得できるかもしれない。

県民以外にはあまり知られていないが、横浜駅から十分ほど歩いたところに神奈川（かながわ）駅という駅がある。清水（きよみず）の舞台をイメージしたという独特な形の駅舎だが、県名を冠している割に横浜駅とは較（くら）ぶべくもない小ささで、一日の利用者数は京急（けいきゅう）電鉄で一、二を争うくらい少ない。

白峰さんが車をとめたのは、この駅の近くにある佐々倉（ささくら）造園の前だった。

白峰さんは、この会社内に設けられた神棚の前で、月に一度、商売繁盛の祈禱をしているという。菊野原神社とは別に、白峰さんが一人で管理する神社の宮司として担当している。つき合いは長く、菊野原神社を始め、自分が管理する神社の樹木の手入れもお願いしているそうだ。

こうした関係を大切にすることも、神社には欠かせない。

白峰さんは車を降りると、駐車場で狩衣を纏い、烏帽子を被った。手には祝詞と、紙垂が大量にぶら下がった棒「大麻（おおぬさ）」。参列者の頭の上で左、右、左の順に振って、お祓いをする道具だ。風に曝されると紙垂が舞って形が崩れてしまうので、地味に持ち運びにくい。

俺は白峰さんの後ろを、榊に紙垂を結った玉串（たまぐし）と、それをお供えするための台、玉串案（たまぐしあん）を持って進む。この後で一旦車に戻って、三方と神饌も運ぶ。この祈禱はこれだけで済むが、地鎮祭では玉串案と三方がいくつも必要になるし、祭壇なども用意しなくてはならない。本当に、なにかと道具を使う仕事だ。

でも、二ヵ月前はさっぱりだった道具の名前や使い道が、少しずつわかってきた。

二階建ての社屋には、車庫にワゴン車が二台とまっている。最近買い替えたのか、どちらもまだ新しい。白峰さんの祈禱が効いているのかはともかく、儲（もう）かっているようだ。

中に入ると、すぐに男性がやって来た。おそらく三十代。目がくりくりしていて、見るからに人がよさそうだ。

「おはようございます、佐々倉社長。本日も、どうぞよろしく」

白峰さんの挨拶に、佐々倉社長は「え？」と驚きの声を上げた。

「今月のご祈禱は、明日じゃありませんでした？」

「急用が入ったので今日にしてほしいとお電話して、ご了承いただいたはずですが」

「あ、そうだった！　すみませんけど、立て込んでいるんで日を改めてもらえませんかね」

「お断りします」

白峰さんが満面の笑みで告げるので、一瞬、聞き違いかと思った。

「忘れたのは、そちらの責任。速やかにご祈禱を始めます」

「いや、でも、これから仕事が……」

「始めます」

白峰さんが畳みかけると、佐々倉社長は、ごにょごにょ言いながら俯いてしまった。

見兼ねた俺が「こちらの都合でスケジュールを変えてもらったんだから、別の日にしましょうよ」と囁いても、白峰さんは「だめだ」と首を横に振る。それとほとんど同時に、入口のドアが勢いよく開いた。頭髪の後退した初老の男性が、床を踏みつけるようにして佐々倉社長に迫る。

「こんな奴に祈禱なんて頼まん方がいい」

「あの……失礼ですが、あなたは……」

「こいつの被害者だ！」

男性は、戸惑う佐々倉社長を見据えながら、白峰さんを無遠慮に指差す。

「この野郎は、うちの新居の地鎮祭をすっぽかしたんだ。ようやく手に入れたマイホームの門出だったのに。最低の神職だ」

「はあ？　おたくが前日の夜に突然、日にちを変えるように電話してきたんだろうが」

「してない。嘘をつくのはやめろ」

「無礼者が。神職ともあろうものが、そんな嘘をつくはずあるまい」

神職の威厳などかけらもなく、渋面(じゅうめん)で言い捨てる白峰さん。両目をつり上げた男性は、佐々倉社長に叫ぶように言う。

「知り合いから、こいつがこちらで祈禱すると聞いてとめに来た。すぐに追い出すべきだ。二度とこの男に敷居をまたがせん方がいい」

「なんだと、貴様！」

白峰さんが男性につかみかかろうとする。佐々倉社長は、いまにも泣き出しそうだ。

「落ち着いてください！」

玉串と玉串案を放る――のは抵抗があるので受付カウンターに急いで置き、白峰さんを羽交(はが)い締めにしながら俺は思う。

こんな人を説得するなんて、やっぱり無理なんじゃないか？

3

佐々倉造園の祈禱は延期ということで決着したものの、白峰さんの暴走は続いた。

助勤先の神社の祈禱で依頼主の年齢を間違えると「自分が聞いた年齢と違う」と逆ギレするわ、同僚から神饌の仕入れを忘れたことを指摘されると「俺にばっかり任せるな」と怒鳴るわ、道に迷って地鎮祭に遅刻すると「こいつの準備が遅れたせいです」と俺に責任転嫁するわ。

夕方、菊野原神社に戻ってきたとき、俺は疲れ切っていた。

「じゃあな、坊や。明日は休みだったよな。また明後日、よろしく頼むわ」

元気に手を振る白峰さんに引きつった笑顔で応じ、車をとめたコインパーキングに向かっている途中だった。

「坂本さん」

小走りに駆けてきた黒須さんに呼びとめられた。

「様子を見にきたのですが……状況は厳しいようですね」

「まだ初日ですから」

自分を鼓舞するためにも、笑顔で前向きな答えを返す。タイムリミットまで一ヵ月近くあるのだ。必ず逆転のチャンスはあるはず！

「ご迷惑をおかけします」

「謝らないでください。大人げない白峰さんが悪いんですから」

「大人げない、か……。私は彼に、憧れていたのですがね」

「冗談でしょう」と口にしかけたが、黒須さんの顔は真剣そのものだ。

「私は子どものころ、親の都合でイギリスに住んでいました。ずっと現地の学校に通っていましたが、親が帰国して、横浜に来たのです」

帰国子女だったのか。英国紳士という印象は、あながち的はずれではなかったらしい。

「日本の学校に転入しましたが、なじめず、友だちもできませんでした。そんなときに仲よくしてくれたのが、白峰さんです。彼は勉強も運動も学年で一番の人気者でしてね。私がみんなと仲よくできるように、なにかと声をかけてくれました。それでもなかなかほかの友だちができませんでしたが、彼がいなかったら私は不登校になっていたかもしれない。恩人ですよ」

本当に白峰さんの話か？　俺が知っているあの人とは別人だぞ？

「そんな彼に憧れて、私は勉強も必死にがんばりました。努力した甲斐あって、僅差で追い抜くことができた。そのころには、自分で言うのもなんですが、学校中の人気者になっていました。そうしたら彼は、その……私を卑怯者呼ばわりしまして……」

　俺が知っている白峰さんの話になった。

　とはいえ。

「ほかにもなにかあるんじゃないですか。四十年も前の逆恨みで、ここまで意地になるとは思えません。心当たりはないんですか？」

　強い口調で迫ると、黒須さんは言いにくそうにしながらも答える。

「……五年前のことが、影響しているのかもしれません」

　歴史が好きな黒須さんは郷土史家としても活動していて、自費出版で本を何冊か出している。五年前、ちょっとした話題になったのが、菊野原神社に関する論文だった。

　菊野原神社は、江戸時代初期はもっと西、現在の新横浜駅の近くにあった。大飢饉を機に現在の場所に移転したが、その時期が「天明」か「天保」かわかっていなかった。

「数少ない史料の文字がかすれていて、『明』か『保』か判読できなかったのです。天明は一七八一年から一七八九年まで、天保は一八三〇年から一八四四年までと時期が近い上に、どちらも大飢饉があったから、決め手に欠ける。御神木は移転と同時に植えられたと言われていますから、年輪を調べればわかる。しかし、大飢饉を鎮めるために植えられた御神木です。年代を調べるための斬伐は許されない。成長錐という道具を使えば斬伐せずに測定できますが、御神木を傷つけることに変わりないので、それも許されませんでした」

そのことを知った黒須さんは、仕事の合間を縫って昔の史料を集めたり、古書店を巡ったりした。そして五年前、アーネスト・サトウが残したメモを見つける。

「サトウ？　日系人ですか？」

「『佐藤』という名字のように聞こえますが、イギリス人です。幕末に通訳として日本に来て、後に外交官として横浜に着任しました。大変な親日家で日本に何年も滞在し、日本人女性と結婚しています。彼のメモに書かれていたのです。菊野原神社について『天明期に移転』と」

このメモが書かれたのは、サトウが日本に来た数年後と見られる。『天明』と『天保』を聞き違えたのでは？」という指摘もあったが、それを示す証拠はない。

かくして菊野原神社の移転は、天明期説が有力になった。

「市井の研究家が、時間をかけて見つけたことが注目されたのでしょう。学術誌に論文を投稿すると、地元のテレビや新聞に取り上げてもらいました。これがきっかけで、同窓会も開かれましてね。今朝ここに来た女性――桃花さんが幹事だったのですが、サプライズで花束を用意してくれました。彼女は学校のマドンナだったから、うれしかったなあ」

黒須さんが照れくさそうに笑う。微笑ましくはあるが。

「そのことが白峰さんと、どう関係しているんですか？」

「……天保期説を主張して、同じ雑誌に論文を投稿していたのが白峰さんだったんです」

……っ！

「白峰さんも歴史が好きですからね。近隣の類似した樹木を調べ、御神木の幹の太さや高さから推定して、天保期説を主張していました。しかし木の生長には個体差があるので、懐疑的な声もあった。その声が正しいことを、私が証明してしまった。五年前の同窓会にも来たのですが、終始悔しそうにしてましたよ。とどめに、先日の落雷です」

黒須さんに釣られ、菊野原神社の御神木を振り返る。

斬伐された楠は、夕闇を背景に黒いシルエットと化していた。

「私は出張中だったので斬伐の場にいなかったのですが、後日、白峰さんがスマホで撮影した年輪の写真を見せてくれたんです。数えたところ、天明期に植えられたものに間違いありませんでした。白峰さんは『あんたの説が正しいことが証明された。よかったな』と、あまりよくなさそうな顔をしながら言いまして……」

同窓会に行ったことといい、なぜ自分の傷口に塩を塗るような真似をするんだ、白峰さん？「俺は気にしてない」というアピールか？　だとしたら、完全に失敗しているぞ！

「しかも御神木を斬伐した後で、桃花さんが年輪のことを白峰さんから聞き出したんです。私の論文が正しかったことが証明されたと知り、明後日、お祝いの会を開いてくれることになりました……白峰さんも来ます」

「そんな会に参加したら、あの人はますます――」

「意地になるでしょうね。私としてはやめてほしかったのですが、桃花さんは、白峰さんが天保期説を主張していたことを知りません。だから悪気なく……。坂本さんには事前にお話しするべきだったのかもしれませんが、白峰さんがあまりに悔しそうにしていたので言いづらくて……申し訳ありません……」

肩を落とす黒須さんと別れて車に乗り込むなり、シートに全身を預けた。

睨んだとおり、白峰さんが黒須さんを嫌う理由は四十年前の逆恨みだけではなかった。五年前の逆恨みもあったんだ。

――わかったところで、なんの解決にもならなかった。

明後日のお祝いの会に参加したら、白峰さんはいま以上に態度を硬化させるだろう。夕イムリミットは実質、あと二日しかないということだ。

暗澹（あんたん）としていると、ダッシュボードに置いたスマホが震えた。央輔からのＬＩＮＥだ。

〈いい加減、雫ちゃんを紹介してよ。明日なんてどう？〉

「子ども祭り」の件で雫を紹介することになったが、まだしていないのだ。最近、何度も催促されている。放っておいても女性が寄ってくるあいつが、ここまで積極的になるのは珍しい。

　高校のときの、あの一件以来だろうか。

それどころではないし、気も進まなかったが、どうせ明日は白峰さんに会わないのだ。

〈明日、神社に来い〉と返すと一瞬にして既読になり、五秒もしないうちに返事が来た。

〈ほかの場所がいい〉

　その日の夜。居間で夕飯を食べながら、今日の白峰さんの言動と、四十年前に加えて五年前の逆恨みも関係していると思われること、さらに、説得までのタイムリミットが実質二日しかないことを兄貴たちに報告した。

「白峰さんが、そこまでするなんて。黒須さんのことで、相当機嫌が悪いのかな」

「私には、ちょっと信じられないね」

「わたしも琴子さんと同じです。壮馬さんは理由があって、嘘をついているのでは？」

雫の冷え冷えとした声で、疲れが倍増した。

「……どんな理由があれば、そんな嘘をつくんですか」

雫は「それもそうですね」と受け流したきり、白峰さんについて話題にしなかった。

やっぱり俺を手伝うつもりなんてないんじゃないか、この子？　心理的な距離を感じずにはいられなかったが、それでも夕食後、兄貴と琴子さんがはずしたタイミングを見計らい、俺は可能なかぎり平静を装って切り出した。

「雫さん、赤レンガ倉庫に行きませんか」

緑茶の入った湯飲みに手を伸ばしかけた雫が、小さく首を傾げる。

「なんの必要があって？」

誘った女の子から、こんな返しをされたのは初めてだ。

全部、央輔が悪い。

——せっかくだから、観光名所で、おしゃれした雫ちゃんにお目にかかりたい。赤レンガ倉庫なんて、近いし風情があるし、ちょうどいいんじゃないか。

「いつもお世話になってるから、お礼に横浜の観光案内をさせてほしいんです」

一応は食い下がるが、一蹴（いっしゅう）されるだろう。これで央輔もあきらめて——。

「では、お願いします」

「はい、すみませんでした——ええっ？」

悲鳴じみた声を上げてのけ反ってしまう。雫は、表情を変えず湯飲みを手に取った。

「氏子さんからペアチケットをいただいたので、赤レンガ倉庫でやっている『横浜の人と街』という写真展に行きたかったんです。お互い休みだから、明日にしましょう」

「ほ……本当ですか？　本当に俺でいいんですか？」

「壮馬さんが『行きませんか』と言ったのでしょう」

「いや、ペアチケットなら誰かと一緒に行くつもりだったんじゃないかと……」

しどろもどろにごまかしながら、自分でも驚くほど舞い上がっていた。一緒に出かけるだけで、こんなになるなんて。やっぱり、この子と離れたくない——。

「鳥羽さんをお誘いしようと思ったけど、壮馬さんが案内してくれるならお願いします」

「——へえ。鳥羽さんと行くつもりだったんですか」

心が急速に醒めていく俺に、雫は頷いてから緑茶をすすった。

翌日の十一時。赤レンガ倉庫の前で、雫と待ち合わせた。同じ家に住んでいるのに別々に出かけたのは、兄貴や琴子さんに見られたらなにを言われるかわからないからだ。

〈早く着いたので、海を見ています〉

雫からそういうメールが来たので、赤レンガ倉庫の横を通って海辺に向かって歩く。もともと気温の低い日だが、冷たい海風に曝されて、余計に肌寒く感じる。

誘っておきながら「やっぱり鳥羽さんと行ったらどうですか」と言うべきか、ずっと悶々としていた。その方が雫にとっていいんじゃないかと、迷いもした。

でも。

「時間どおりですね」

振り返った雫を見た瞬間、そんな感情は完全に消し飛んだ。

白いフレアスカートに、黒いニット。奉務中とは打って変わって、前髪をアップにして額を出した髪型。いつもどおりの無表情だけど、なんとなくやわらかそうで……。か……かわいい……。青く煌めく海とベイブリッジをバックにした姿は、神々しくすらある。俺もデニムジャケットじゃなくて、もっとデートらしい服を着てくるべきだったか……。

「では、行きましょう」

「ちょ……ちょっと待ってください」

さっさと歩き出す雫に、上ずりかけた声で応じながら辺りを見回す。

央輔がいない。ここで偶然のふりをして会って、雫を紹介。その後、三人で倉庫を回る手筈なのに。スマホを取り出してみたが、連絡も来ていない。

雫が怪訝そうに俺を見上げる。それ以上妙に思われる前に、「なんでもありません」とごまかして写真展に向かった。

赤レンガ倉庫は、明治から大正期にかけて建設された、文字どおり赤レンガを積み重ねてつくられた倉庫だ。一九九〇年代に入ってから市が整備し、いまや横浜を代表する観光名所の一つになっている。倉庫として使われていた時代の面影を残したショッピングフロアはいつも賑わい、港の夜景も美しい――などという知識を持ってはいるが、来るのは今日が初めてだ。

案内図を見ながら、写真展が行われている一号館の二階を目指す。一号館は文化施設、二号館は商業施設として使われているようだ。

「横浜の人と街」展は、市民が撮影した写真を展示する催しだった。横浜の住人や自然、奇妙な風景などが被写体になっている。

雫はその中の一枚、入ってすぐの壁に飾られた写真の前で足をとめた。

写真展のポスターにも使われている、最優秀賞を受賞した作品だ。

男性がクレーンを使って、斬伐した大木をトラックの荷台に載せようとしている。奉職するまで知らなかったが、横浜は大きな公園や庭園があるので、造園業者が意外と多い。

源神社も、境内の手入れでよくお世話になっている。

写真の男性も造園業者なのだろう。彼の姿を斜め後ろから撮影した、迫力ある写真だ。

切断面を見上げる顔は、アングルのせいですべては写っていない。しかし目許と口許には鋭気が漲り、わずかに切り取られただけの表情からも、自分の仕事に誇りを持っていることが見て取れた……って、この人、昨日の佐々倉社長じゃないか！　あんなに気が弱そうだったのに、仕事中はこんな顔つきになるのか。

「この人、昨日、白峰さんと商売繁盛のご祈禱に行った会社の人ですよ」

熱心に見ているので興味を示すかと思ったが、雫は「そうですか」と返してきただけだった。拍子抜けしつつ、改めて写真を見る。

背景はあまり写っていないが、こちらにも見覚えがあった。兄貴や琴子さんの手伝いで訪れた場所かもしれない。ほかにも見覚えがある景色はないだろうか。会場をぐるりと見回す。白壁にかけられた写真の数は三十……いや、四十はある。

「思ったより多いですね」

雫は、今度は返事をしなかった。目が悪い人が遠くを見るときにするように、眉間に深々としわを寄せて、じっと写真を見つめ続けている。よっぽど気に入ったのだろうか。

「思ったより多いですね」

「いえ、少ないです」

もう一度言った俺に、雫はぴしゃりと返し、展示室の順路を進んでいった。どれだけの枚数を期待していたんだ、この子は。苦笑しながら後に続く。

それからの雫は、どこか上の空だった。やけにゆっくり歩き、写真を見ているのかどうかもよくわからない。最初の写真ほどインパクトの強いものがないからかもしれない。話しかけても生返事しかしないので、仕方なく俺は俺で写真を見ることにする。

船上で遠くを眺めるカップル、地ビールを呷るおじさん、中華街で肉まんを頬張る白人女性――そうした人たちを見ているうちに、気がつけば白峰さんの気持ちに思いを馳せていた。

四十年前に続き、五年前も黒須さんに負けた。その逆恨みを抱えているいまは、どういう心境なんだろう？　交渉すら拒否するなんて、余計に惨めにならないのだろうか……。

その間、何度かスマホを確認したが、央輔から連絡はなかった。LINEも、既読になるが返事はなし。なにかあったのか？　心配しながら、一時間ほど経って写真展を出る。

「あれ、壮馬じゃないか」

俺の心配を吹き飛ばすように、央輔が声をかけてきた。雫と違って背が高い、ショートカットの女の子と一緒だ。誰だ？　と思っていると、央輔はわざとらしく眼鏡のつるをつまんだ。

「俺のカノジョだよ。神奈川女学院に通うお嬢さまなんだ――藍子ちゃん、こいつが前から話してる坂本壮馬」

藍子ちゃんは、雫をまじまじと見つめたまま身動ぎ一つしない。雫の容姿に圧倒された人が、よく見せる反応ではある。この子だって、充分きれいなのに。

こんなカノジョができたのに、雫を「紹介しろ」と言ってきたのか？　訳がわからないまま藍子ちゃんに頭を下げる。一方、雫は表情を覆う氷を瞬時に融かし、にっこり笑顔になった。

「初めまして。久遠雫と申します。壮馬さんが奉務する源神社で巫女をしています」

一瞬、央輔はなぜか眉をひそめた。しかし、すぐに笑みを浮かべる。

「へえ。巫女さんなんだ、雫ちゃん」

白々しく驚いてみせながらちゃっかり「ちゃん」づけで呼ぶと、続けて言った。

「じゃ、俺たちは失礼するよ。またね、壮馬」

虚を衝かれた。

「もう行くのか？」

「うん。デートの最中だしね」

央輔が、くるりと背を向ける。藍子ちゃんは雫を何度も振り返りながら、それに続いた。雫は満面の笑みを浮かべ、胸の前で小さく両手を振り続ける。

なにがしたかったんだ、あいつ？　首を傾げていると、デニムジャケットのポケットでスマホが震えた。央輔からのＬＩＮＥだ。

〈俺のおかげで雫ちゃんとデートできただろう？　脈がありそうじゃないか〉

――なるほど、そういうことか。

央輔は、俺が雫を気にしていると目敏く察した。だから「紹介して」と催促し、俺が雫を連れ出すように仕向けた。「脈がありそう」と言うくらいだから、どこかから様子をうかがっていたのだろう。雫が挨拶したとき眉をひそめたのは、別人のように愛想がよくなったからか。

「脈がある」なんて、的はずれも甚だしいが。

「央輔さんは、いいお友だちのようですね」

無表情に戻った雫に、「はい」と力強く頷く。

昔から、そうだった。

高校のとき、俺は弓道部の先輩とつき合っていた。「二人だけの秘密ね」と言われたから、誰にも話さなかった。

よりによって央輔はその先輩を好きになり、「紹介してよ」と何度も催促してきた。なんとかごまかしているうちに、つき合っていることが周りにばれてしまったのだ。

央輔は珍しく怒った。俺に挨拶すらしなくなった……一週間ほど。

一週間後、学校に行くと、央輔はにこにこしながら話しかけてきた。

「先輩といつからつき合ってるんだよ？」と、何事もなかったように。

このときの心境を央輔が語ってくれたのは、高三のとき。大学に進学した先輩にカレシができて俺が振られ、友人一同で「壮馬を励ます集い」なる会を開いてくれたときだった。

――壮馬と疎遠になるのが嫌で、さっさと水に流したかったんだよ。

あのとき央輔が話しかけてくれなかったら、俺たちは友だちに戻れなかった――。

「あ」

声を上げてしまう。

「壮馬さん？　どうしたんですか？」

「なんでもありません」と答えながら、懸命に考えをまとめようとする。

白峰さんを説得する方法が、見つかったかもしれない。

4

央輔と別れた後、雫から「用が済んだので帰りましょう」と言われてしまった。お昼くらい食べていきたかったが、白峰さんにどう話を切り出すか考えたかったから、ちょうどよかったとも言える。

翌日の午後。俺は社務所の応接間に、白峰さんを呼び出した。雫は隣の部屋で、黒須さんと待機してもらっている。俺の合図で出てきてもらう手筈だ。

ぎりぎりまで考えをまとめていたので、なにをしようとしているのか、雫に説明する時間はなかった。

俺と座卓を挟んで座った白峰さんは、枯れ木のような腕を組んで鼻を鳴らす。

「話はなんだ？　菊野原神社のことか？　一度しかない説得のチャンスを早々に使うのか？」

「そうです。黒須さんにとって、白峰さんは憧れの存在だったそうですよ」

間髪(かんはつ)を容(い)れず切り出すと、白峰さんは毒気を抜かれたようにきょとんとした。

「白峰さんは、帰国子女で周りと仲よくできない黒須さんを気にかけてあげたんですよね。

そんな白峰さんに憧れて、黒須さんは、勉強も運動もがんばったと言ってました」

「……卑怯な手を使っただけのくせに、『がんばった』とはな。あいつのそういうところが、昔から大嫌いだった。転校してきたとき気にかけてやったのは、一生の不覚だよ」

白峰さんが表情に毒気を戻すが、俺は首を横に振る。

「本当は、嫌いじゃないんでしょう。白峰さんも心の底では黒須さんに友情を感じている。早い話が『好き』なんだ」

「なんの冗談だ、坊や？」

「菊野原神社が移転された時期について、白峰さんは天保期説を主張していたけど、黒須さんの天明期説が正しかったんですよね。そのことで黒須さんはマスコミに取り上げられ、桃花さんが同窓会を開いた。白峰さんは、それに参加した。なぜ自分の傷口に塩を塗るような真似をしたのかと思ったけど、本当は黒須さんのことが好きなら納得です。斬伐した御神木の年輪を撮影したのも、その写真を黒須さんに見せたのも、同じ理由」

嫌いなら、なるべく接点を持たないようにすればいい。でも央輔は、そうしなかった。自分から先輩の話題を切り出し、開きかけていた距離をゼロにしてくれた。

白峰さんも同じ。四十年前も五年前も、距離をゼロにしようとした。でも、すなおに自分の気持ちを認められないだけなのでは？

写真展で白峰さんの気持ちをあれこれ想像していたから、それに気づくことができた。

「俺は、白峰さんがかっこいいと思いますよ」

俺の一言に、白峰さんの顔から再び毒気が抜ける。

「御神木の年輪で天保期説が間違っていたことが確定したのに、自分からその写真を黒須さんに見せた。子どものころのライバルに敗北を認めたということ。かっこいいですよ」

「ぼ、坊やにそんなこと言われてもなあ……」

目を伏せて語尾を濁す白峰さんに、俺は座卓に額がつきそうなほど深く頭を下げた。

「もう自分の気持ちを認めてください。無理に黒須さんを嫌うのはやめて、交渉のテーブルに着いてください」

白峰さんの顔が歪む。いける！　あとは合図を送って黒須さんに入ってきてもらって、長年のわだかまりを——。

「断る」

俺が頭の中で組み立てた手順を薙ぎ払うように、白峰さんは言った。

「どうして俺が、あんな卑怯者を好きなんだ。冗談じゃない」

「でも嫌いなら、自分の敗北を認めない……」

「そんなもん、人それぞれだ！」

駄々っ子のように両手を振り回した勢いで、白峰さんは立ち上がった。

「説得のチャンスは一度だけという約束だったな。なら、これで終わりだ」

「待ってください！」

襖にかけられた白峰さんの骨張った手を、俺は飛びつくようにしてつかむ。

「それでいいんですか。このままだと黒須さんと、ずっと仲直りできませんよ」

「あきらめろ。俺は奴と仲直りなんぞしたくない」

「俺はあきらめてもいいから、仲直りはしてください！」

俺と央輔が陥っていたかもしれない、些細なすれ違いから疎遠になった友だち関係。白峰さんの本心がわかった以上、そこから解放してあげたい——余計なお世話と言われようが、その思いから発作的に叫んだ。

「きれいごとを抜かすな」

俺の剣幕にたじろいだ白峰さんだったが、すぐさま手を振り払う。

「でも——」

「もういいですよ、坂本さん」

襖が開き、力のない笑みを浮かべた黒須さんが入ってきた。白峰さんの顔がひきつる。

「隠れてやがったのか。俺が思っていた以上に卑怯者だな」

「違います。黒須さんは、俺の言うとおりにしただけ――」

「白峰さんの気持ちは、よくわかりました。移転交渉は断念する方向で、上に報告します」

俺が言い終える前に、黒須さんは頭を下げた。白峰さんが、両手を腰に当てて高笑いする。

「ようやくあきらめたか。わかればいいんだよ、わかれば！」

力が抜けていく。白峰さんが、本心では黒須さんを好きなことは間違いないのに……。

「なるほど」

氷の粒のような呟きが、室内に落ちる。

振り返ると、雫が緋袴の前で両手を重ね、隣の部屋で、一人、立ち尽くしていた。

「白峰さんは、本当は黒須さんのことが好きだったんですね。さすが壮馬さんです」

「違うぞ、嬢ちゃん。坊やの勘違いだ」

「俺がいくら言っても、白峰さんは絶対に認めない。お手上げです」

雫は首を横に振って、しっかりした足取りで応接間に入ってくる。

「壮馬さんのおかげで、謎が完全に解けました」

雫は、訳がわからないでいる俺の傍らに立つと、白峰さんを真っ直ぐに見据えた。

「謎とは、どういうことです？」

愛くるしい笑顔から一転、氷の無表情と化した雫に、黒須さんは戸惑いを隠せないまま問う。

「言葉どおりの意味です。白峰さんが交渉のテーブルにすら着かずに移転を拒否するのは、『ある事実』を隠すためだった。だから、これは謎。思ったとおりでした」

ちょっと待て。

「いつから思ってたんです？『謎があるわけではない』と言ってたじゃないですか」

「黒須さんがここにいらした次の日、菊野原神社に行ってからです。桃花さんによると、白峰さんが黒須さんを嫌う理由は逆恨み。でも、四十年も前のことです。さすがに普通でないことは、わたしにもわかる。隠していることがあるのかもしれない。その可能性について検討したくて、壮馬さんを置いて帰ったんです」

「なら、そう言ってくれればよかったじゃないですか」

「不確かなことを言って、混乱させては困りますから」

混乱させてでも言ってほしかった！

でも、俺を手伝う気ではいてくれたんだな——。

「それからわたしは、菊野原神社について調べながら、白峰さんがなにを隠しているのか考えました。壮馬さんの話から、白峰さんが五年前にも逆恨みするきっかけがあったことがわかった。それが原因かとも思いましたが、一方で白峰さんの言動には、不可解なことがありました。佐々倉造園で『地鎮祭をすっぽかされた』という男性と喧嘩したのも、その一つです。佐々倉造園の社長さんは、ご祈禱が別の日だと思っていた。なのに、どうして乱入した男性は、白峰さんがあの日に会社に行くことを知っていたのでしょうか」

あ――。

「男性は、白峰さんが佐々倉造園でご祈禱することを『知り合い』から聞いたのでしたよね。造園側が日程を間違って把握していたのに、誰から聞いたのでしょう？」

「疑問に思うようなことじゃないぞ、嬢ちゃん。俺の知り合いからだろう」

「どなたですか。白峰さんはお一人で管理する神社の神職として、佐々倉造園のご祈禱を担当しているのですよね。スケジュールを把握している人はかぎられるはずですが」

「知らん」

「あれはお芝居だったんですよね。乱入してきた男性は、白峰さんの協力者。佐々倉社長は気が弱くて、うまく演技できないかもしれないから、お芝居のことは黙っていたんですよね」

「知らんと言っとるだろうが！」

白峰さんが声を張り上げるが、雫は意に介さず続ける。

「その後も白峰さんは、ご祈禱で年齢を間違えたり、神饌を手配し忘れたり、トラブルを連発したそうですね。信じられなくて、壮馬さんが嘘をついているのではと疑ってしまいましたけれど、お芝居だったなら納得です。白峰さんは、壮馬さんに自分が無類の頑固者だと思わせることで、説得をあきらめさせようとした。四十年前や五年前の逆恨みのためだけに、そこまでするとは思えません。なにか隠したいことがあったんです」

こめかみをひきつらせる白峰さんを見ながら、俺は問う。

「白峰さんは、なにを隠したかったんですか？」

「隠そうとしているもの自体は、昨日の時点でわかりました。でも理由がわからなくて、ずっと考えていました。真相にたどり着けたのは、壮馬さんが白峰さんの本当の気持ちを見抜いてくれたおかげです」

白峰さんの顔が、みるみる強ばっていく。雫は、小さく息を吸ってから告げる。

「黒須さんの論文は間違っていた。菊野原神社が移転したのは天明期ではなく、天保期。白峰さんは、これを隠そうとしたんです」

黒須さんが泡を食う。

「私の論文が間違っていると？　どうして？」

「御神木です。菊野原神社の御神木は落雷の影響で倒れそうになったので、半分ほどのところで斬伐されましたよね。そのとき、白峰さんは気づいたんです。天明期に植えられたにしては、年輪が少ないことに」

「少なくありませんでしたよ。明らかに二百以上ありました」

黒須さんの反論に、俺も頷く。

「一昨日、話したじゃないですか。白峰さんは、御神木の年輪を撮って黒須さんに見せたんです。年輪の数は、天明期に植えられたもので間違いなかったそうですよ」

「その写真が本物だという証拠はありませんよね」

雫は温度のない声で、予想外の言葉を口にした。

「誰がなんと言おうと、白峰さんは御神木が天保期に植えられたと信じていました。だから年輪を見られないようにするため、黒須さんが出張中に御神木を斬伐して年輪を数え、やはり自分が正しいことを確認した。それを隠すため、年輪の数が多い合成写真をつくったんです」

「私が見せられたのは合成写真？　そんなもの、白峰さんにつくれるはずが――」

「つくれるかもしれません」

黒須さんを遮る形で、俺はそう口にした。

白峰さんは、琴子さんの写真の師匠だ。撮影の仕方だけでなく、画像補正や、合成写真のつくり方も伝授したと言っていた。

年輪の合成写真だって、つくれないことはないだろう。

この話題になったとき、白峰さんは早口になって顔を背け、話を終わらせた。「自分は合成写真が得意」とうっかり俺に教えてしまったので、慌ててごまかしたんだ。

「俺が合成写真をつくったという証拠はない！」

叫ぶ白峰さんに、雫は冷然と首を横に振る。

「赤レンガ倉庫で開催されている写真展のポスターに、菊野原神社の御神木を斬伐したときの写真が使われていたんです。それを見て、年輪の数が少ないように感じました。念のため写真展に足を運んで、実際の大きな写真でも確認済みです」

二つのことを同時に理解した。

見覚えがあると思ったが、あの写真の背景は菊野原神社だったのか！

雫が写真展に行きたがった理由は、これだったのか！

あの写真には、大木——御神木の切断面も写っていた。「思ったより多いですね」と、展示された写真の枚数について言った俺に「いえ、少ないです」と返したとき、雫は御神木、、、の年輪について答えていたんだ。

年輪を数えることに集中していた雫は、俺の話を聞いていなかった。会話が、嚙み合っているようでいなかった……。

「菊野原神社の御神木は神聖不可侵でしたが、落雷で斬伐したことで事情が変わりました。神社が移転するとなれば、移植するにせよ、斬伐するにせよ、切断面が多くの人の目に曝される。黒須さんの論文が間違っていたことが知られてしまう。本当は黒須さんのことが好きな白峰さんは、それを避けるために交渉のテーブルに着くことすら拒否した。

友だちのためにここまでするんです。子どものころもそうだったのではありませんか。黒須さんがみんなと仲よくできるように、勉強も運動もわざと負けたのではありませんか。卑怯者呼ばわりしたのは、それがばれないようにするため」

白峰さんがそんな殊勝な人か？　と思いかけたが、不思議と腑に落ちた。

そういう人だから、父親の遺言に従って、なりたくなかった神職になった。「面倒くせえ」と固辞して、源神社の宮司を兄貴に譲った。

不器用な人、なのかもしれない。

雫に見据えられた白峰さんは、顔を真っ赤にしていたが。

「佐々倉社長め。写真を撮られたことを教えてくれればよかったのに……」

悔しそうに言うと、薄い頭髪をかきむしり、どかりとあぐらをかいた。

「認めるよ。嬢ちゃんの言うとおりだ。黒須さんに恥をかかせたくなくて、交渉を拒否した。子どものころも、俺の力不足で友だちができなかったからわざと負けてやったんだ！」

白峰さんの「自白」を聞いて、俺は思う。

兄貴は間違っていた。今回もこれまでと同じ。苦手分野に遭遇した探偵役（ホームズ）が、助手役（ワトソン）の助けを借りながら真相に迫る案件だったらしい。

とはいえ、少し意外だった。

子どものころ、黒須さんのため損な役回りを充分演じたのに、大人になっても続けるなんて。

黒須さんが、唇を震わせる。

「年輪のことを黙ってたなんて。君は、そこまで私のことを……」

「あんたのためだけじゃない。モモ——本音では移転を嫌がっている氏子さんもいるからな」

聞き逃しかけたが、確かに白峰さんは言った。

「本音」の前に「モモ」と。

雫も黒須さんも、怪訝な顔をする。が、すぐに黒須さんは「ああ」と、納得の息を漏らした。そのときには、俺も理解していた。

白峰さんは「桃花ちゃんのため」と言いかけたに違いない。

彼女の初恋の相手——黒須さんのイメージを守ろうとしたんだ！

「勉強も運動も努力して学年トップになって、大人になってからは菊野原神社の移転時期を特定して脚光を浴びた完璧な初恋の男(ひと)」というイメージを。

そこまでしたのは、学校のマドンナだった桃花さんに、白峰さんも憧れていたから。

——自分の気持ちを打ち明けないと、この先、何年も後悔することになるぞ。

あの言葉は、自分の経験を踏まえたものだったのではないか。

雫は、なおも怪訝そうだ。こればかりは、この子にはわからないだろう。

やっぱり、兄貴の言うとおり。

今回は「苦手分野に遭遇した探偵役(ホームズ)の助けを借りながら、助手役(ワトソン)が真相に迫る案件」だった。

「とにかく！　そういうことだ！」

白峰さんが、話の流れを強引に断ち切る。

「あんたは実力で俺に勝ったわけじゃない。それを隠すために卑怯者呼ばわりしたことは謝る」

あぐらをかいたまま頭を下げる白峰さん。それを見下ろし、黒須さんは首を横に振った。

「構わないよ。知ってたからね」

水を打ったような静寂が落ちた。白峰さんが、頭を下げた姿勢のまま硬直する。俺はもちろん、雫すらも押し黙る。

「……なーんーだーとー？」

黒須さんは、ぎこちなく顔を上げる白峰さんを見下ろしたまま、薄い笑みを浮かべた。

「君が手を抜いていることも、その理由も、すぐにわかったよ。だが周りと仲よくするには、君を抜いてトップになるのが一番。ありがたく勝たせてもらった」

鼻を鳴らす黒須さんはこれまでとは完全に別人で、まるで英国紳士らしくなかった。

白峰さんが、頭のてっぺんまで真っ赤にして立ち上がる。

「こ……この卑怯者が」

「いまさらなにを。君はずっと、そう言ってきたじゃないか。もっとも、君は手を抜かなくても私に負けていただろうがね。負け犬の遠吠(とおぼ)えはみっともないよ」

「だ……黙れ黙れ黙れ、ばか！」

五十代の男二人が、小学生レベルの口喧嘩を始めてしまった。雫が、無表情のままではあるが、急いで間に入ろうとする。俺は白衣の袖を引いてそれをとめ、首を横に振った。

「サトウのメモという貴重な史料を見つけながら詰めを誤るなんて。だからクロはだめなんだ。今度、裏取りのやり方を教えてやる」

「それを言ったら、私だって論文の書き方を教えてやる。シラちゃんの論文はもっともらしい表現が多すぎて、論旨がわかりにくいんだよ」

「好きにやらせましょう」

いつの間にかあだ名で呼び合う白峰さんと黒須さんを見ているうちに、自然と笑みが浮かぶ。

阿波野神社や「子ども祭り」の件が解決した後もこんな気持ちになったな、と、ふと思った。

＊

「白峰さんは、交渉に応じるそうだ。氏子さんたちから改めて意見を聞いて、移転するかどうか判断するらしい。壮馬も役に立ったから合格だ。今後も、雫ちゃんの下で働いてもらう」

夕食の前、草壁家の居間で、兄貴はぐい飲みを片手に言った。

「よかったねえ、壮ちゃん」

背中をばしばしたたく琴子さんに、俺は「ええ、まあ」と仏頂面をつくって応じる。

内心では、ガッツポーズを連発していたが。

「『役に立った』どころではありません。壮馬さんがいなければ、わたしは白峰さんの真意に気づけませんでした。ありがとうございます——ところで壮馬さんは『元人間』の神さまが都合よく利用されすぎだから、信心ゼロだそうですね」

ガッツポーズを連発していた反動で、むせそうになる。

「ど……どうしてそれを？」

「白峰さんから教えてもらいました」

あのチンピラ神職……「内緒にしてやる」と言ったのに……！

怒られると思って反射的に身構えたが、雫は囁くように言った。

「先輩さんのことがあるから、そんな風に思うんですよね」

どきりとした。

阿波野神社の社殿で、一度話しただけなのに……。思わず頷くと、雫は「やっぱり」と言わんばかりに薄く息をついた。心が通じ合った——喜びが、じんわり広がりかけたが。

「それなら仕方ありません。わたしとは相容れませんが、信心ゼロのままでいてください」

冷たい声音で放たれた「相容れません」という一言が心に深々と突き刺さり、広がりかけた喜びが瞬時に消え失せた。

「雫さんも阿波野神社の騒動のとき、『神さまはいません』と言ってましたよね」

俺がつい口にした反論に、雫は首を横に振る。

「わたしは『人の私怨を晴らしてくれるような、暇な神さま』はいない、と言っただけです」

「なら、ほかの神さまの存在は信じてるんですか」

「『信じてる』とは少し違います。神社の娘であるわたしにとって、神道は、生まれたときから周りにある空気のようなもの。日本に住んでいれば多かれ少なかれ神道の影響を受けて生活していますが、わたしはそのことを人より強く意識している。それがわたしにとっての『神さま』であり、これに従って生きることが『信心』です。もちろん、壮馬さんに押しつけるつもりはないので、どうぞご自分の道を進んでください」

絶句しているうちに、雫は「夕飯をつくってきます」と一礼して居間から出ていった。

「私もやるよ」と立ち上がった琴子さんは、猫を思わせる目を楽しげにつり上げて、雫の後に続く。

「前途多難だねえ、壮馬。でも、雫ちゃんと離れ離れになるかもしれないピンチを乗り越えて、彼女への想いが強くなっただろう。鳥羽さんというライバルがいるけど、焦ることはない。壮馬は壮馬のやり方でアプローチするといい。それが二人のためだと僕は思う」

笑顔で肩に手を置く兄貴に言い返す気力もなく、俺は座卓に突っ伏したのだった。

第四帖 彼のお好みとは違うかと

1

「就職活動がうまくいくとよいですね」

祈禱を終え、依頼主と拝殿から下りてきた桐島さんがにっこり笑う。今日の空のように、晴れやかな笑顔だった。

普段はおどおどしているのに、狩衣を纏い烏帽子を被るとしっかりして見えるから不思議だ。

神職は、神事の前に身体を洗って清める潔斎(けっさい)という儀式をする。冷水を頭から浴びる神職もいるらしいが、普通にあたたかいシャワーを浴びるだけでも構わない。

桐島さんもシャワー派だが、浴びた途端にスイッチが入る。

相変わらず祝詞はなにを言っているのかわからなかったが、いまの就活成就の祈禱も威厳に満ちていて、俺ですら少しありがたみを感じるほどだった。

「……どうも」

でも肝心の依頼主は、ぼそりと言っただけで踵を返した。桐島さんは拍子抜けした顔で、俺に目を向けてくる。反応に困った俺は、曖昧(あいまい)な笑みを浮かべて掃き掃除を再開した。

こういうとき雫なら、冷たい口調でも、ちゃんと慰めるのかもしれない。

雫はいま、三週間後の六月三十日に行われる「夏越大祓式」で踊る舞の稽古で、師範のところに行っている。

奉職するまで聞いたこともなかった儀式だが、神社にとっては一大行事らしく、兄貴たちは氏子さんに挨拶回りをしたり、参加者の事前受付をしたりと忙しそうにしている。信心ゼロの俺は、完全に蚊帳の外だ。

——わたしとは相容れませんが、信心ゼロのままでいてください。

「信心ゼロ」が引き金になって、雫の言葉を思い出してしまった。掃除に集中しようとしても、冷え冷えとした声音が脳内に繰り返し再生されてしまう。

落ち着け、俺。

雫のことは、好きになりかけていたのかもしれない。でも俺は、神さまが生きている人間に利用されているようで、どうしても信心を持てない。信心深い雫とは、どう考えても相容れない。だから、あの子への想いは断ち切るべき。

これ以上好きになる前に気づいて、よかったじゃないか。

そう自分に言い聞かせていると、社務所の前に雫がいることに気づいた。いつの間にか帰っていたらしい。既に巫女装束に着替えていて、男女二人組と立ち話をしている。

男性の方は央輔、女性の方は藍子ちゃんだった。

央輔も藍子ちゃんも背が高いので、身長一五〇センチ前後しかない雫は、二人を見上げる格好になる。三人のところに向かいかけた俺だったが、思わぬものを見て足がとまった。

雫は、参拝者相手には「これでもか！」というほどの勢いで、過剰に愛嬌を振り撒く。

なのにいま、央輔と藍子ちゃんを見上げる雫の横顔は、素顔である氷の無表情だった。

なにがあった？　動けないでいるうちに、藍子ちゃんがスマホを取り出した。雫は冷たい眼差しで、瞬（まばた）きすらせずにそれを見つめている。明らかに様子がおかしい。固まった足を無理やり動かし駆け寄ると、雫が俺に気づいた。央輔たちも、こちらを振り向く。

二人とも、困惑の面持ちだ。

「なにかあったのか？」

「ちょっと雫ちゃんに挨拶してただけだよ」

央輔は短く答えると、「俺たちは用があるから」と言い残し、鳥居の方に歩いていった。

藍子ちゃんも「ごきげんよう」と頭を下げ、央輔に続く。

「ごきげんよう」か。さすが神奈川女学院（カナジョ）に通うお嬢さま……いや、そんなことより。

「央輔はああ言ったけど、なにかあったんですよね？」

「藍子さんから、スマホの番号を交換してほしいと言われました」

意味がわからず目が点になる俺に、雫は淡々と続ける。

「奉務中なのでスマホは置いてきたと答えたら、わたしの番号に着信を残してくれました。でも電話をいただいたところで、ちゃんと話せるかどうか。電話する相手なんていないから自信が持てなくて、愛嬌を振り撒く余裕がなくなりました」

「……そうですか」

電話番号を訊いただけで無表情になられたのでは、央輔たちもさぞ困惑したことだろう。ちょっとずれたところがある子だとは思っていたが、ここまでとは。

心配しなくても、これ以上この子を好きになることはないな、うん。

「なにを頷いているのですか。掃除がまだ途中ですよね。早く終わらせて、授与所に来てください」

雫は、俺の返事も待たずに背を向ける。「はい」と応じて掃除に戻ろうとした俺だったが、ふと視線を感じて振り返る。

小柄な男性が、鳥居に続く階段の手前に立っていた。ついさっき、桐島さんの祈禱を受けた男性だ。ほの暗い目つきで、こちらをじっと見つめている。恋愛パワースポット目当ての女性参拝者が多い中、その眼差しはひどく浮いていた。

俺の視線に気づくと、男性は踵を返して階段を下りていく。

一体なんだ？

青かった空は、気がつけば鉛色の雲に覆われていた。

大学生の名前は、祈禱の依頼を受けたときに聞いていた。

若槻奨輝。横浜大学薬学部薬学科六年生。

彼が再び源神社を訪ねてきたのは、次の日の夕方だった。


社務所の応接間。

「時間をつくってもらってすまなかったね、久遠さん」

座布団に座った鳥羽さんが、軽く頭を下げた。元奥さんの誤解は解けたが、あの一件が影を落としているのだろう、相変わらず弾力が感じられない、鉄仮面を思わせる顔つきだ。

それでも雫と話すときは、口許に穏やかな笑みを浮かべるようになった。

敬語も、すっかり消えているし。

「お気になさらないでください」

雫の方は、相変わらず鳥羽さんの前では緊張気味の笑顔だ。胸が苦しくなりかけたが、気にしないようにして前を向く。

俺と雫は座卓を挟んで、鳥羽さん、若槻さんと向かい合っていた。鳥羽さんが「彼は私の講義を受けている学生で、相談したいことがあるそうです」と、若槻さんを連れてきたのだ。

「鳥羽先生には、就活がうまくいっていないことも、祈禱を受けたこともお話ししとります」

若槻さんの口調は、昨日とは別人のようにはきはきしている。おかげで、しゃべり方に少し関西訛り(なま)があることがわかった。

「相談したいのは、それに関係したことなんです。どうしたらいいか悩んどったら、鳥羽先生から謎解きが得意な巫女さんがいるとうかがいまして。まさか、こんな美少女だとは思いませんでしたけどね。鳥羽先生と並ぶと美男美女やなあ」

これまた昨日とは別人のように軽いことを言って、「ニカッ」と笑う若槻さん。間近で見ると目鼻のラインがすっきりしていて、意外と整った顔立ちであることがわかった。ラフに着こなした大きめのシャツも、様になっている。

「美少女だなんて……恥ずかしいけど、うれしいです。それで、ご相談は？」

雫が猫を被りながら促すと、若槻さんは一転、苦しそうに顔を歪めて言った。

「誰かが、僕の就活を邪魔しとるんです」

少子高齢化が進み、日本の労働市場は慢性的な人手不足だ。就活は、学生有利の売り手市場。

でも若槻さんの就活は、うまくいっていない。求人倍率が高い薬剤師を志望しているものの、面接では、ほとんど話を聞いてもらえずに終わる。「うまくいった！」と手応えを感じても、不採用の通知が送られてくる。

時には、不快感や嫌悪感を剝き出しにした圧迫面接を受けることもあった。自分が嫌われているような気がしたが、さすがに被害妄想だと思い、気分を変えたくて、源神社で就職祈願の祈禱を受けた。

しかし今日の午前中の面接で、面接官の部長から皮肉交じりにこう言われた。

「君、よくもこの業界で就職できると思ったもんだね」

頭が真っ白になり、理由を訊ねることもできないでいるうちに面接は終わった。

やはり被害妄想ではない。自分は業界内で嫌われている。何者かが悪い噂を流しているのではないか？　一体誰が？　なんのために？

「家族は『大阪で就職してほしい』と言ってます。父のコネもあるからその気になればど

うにかなるんやけど、横浜に残りたい。だから、就活を邪魔しとる奴を見つけてくださ
い」
すっきりした両目に真摯な光を湛える若槻さんは、真剣そのものだった。
でも、やっぱり被害妄想なんじゃないか？
いまの若槻さんは見るからに好青年だが、昨日の桐島さんへの態度を思うと、一概にそ
うとも言えない気がする。それが見透かされているから、うまくいかないのでは？　だい
たい若槻さんの就活を邪魔したところで、誰になんのメリットがある？
鳥羽さんだってそんなことはわかっているはず。どうして雫のところに連れてきたんだ
ろう？　目を向けるも、鉄仮面からは真意をうかがうことはできなかった。
「絶対にいける、と思ったことは何度もあるんです。でも不採用で……」
「そうですか……何度も……」
雫は独り言じみた呟きを挟んでから訊ねる。
「失礼ですが、誰かに恨まれる覚えは？」
「ありませんよ。逆恨みということもありえるけど、ここまでされる覚えはありません」
雫が思案顔で小首を傾げる。ただそれだけの仕草なのに、息を呑むほど美しかった。顔
が整っているだけじゃない、姿勢がきれいだから余計にそう感じるのだ。こうして正座し

ているときも、椅子に座っているときも、いつも背筋が真っ直ぐだよな……。

「考えたいので、何日か時間をください」

雫の声で我に返り、自分が見とれていたことに気づく。

「辛いことを思い出させてしまい申し訳ないのですが、採用試験を受けた企業や薬局のお名前と、先方から取られた態度について、覚えているかぎり書き出していただけないでしょうか」

「それで犯人が見つかるなら喜んで。後でメールしますから、アドレスと、念のため電話番号も教えてもらえますか」

本気で犯人がいると思っているのか？　戸惑っているうちに、二人は連絡先を交換した。

鳥羽さんが、若槻さんに微笑む。

「よかったな、若槻くん。久遠さんに任せておけば安心だよ」

「ほんま、心強いです――お願いします、久遠さん」

「お任せください」

他所行きの笑顔で応じる雫。頼もしそうに頷く若槻さんも笑顔だ。不安はなさそうに見える。

就活がうまくいかないなんて口実で、雫と仲よくなりたいだけ。昨日の帰り際は、俺じやなく雫を見ていたんじゃないか？

　ふと、そう思った。

2

　翌日の夕刻。

　社務所の応接間に、俺、兄貴、桐島さん、鳥羽さんの四人がいた。桐島さんは首と肩をがくりと落としていて、肥満気味の身体が一回り小さく見える。

　昨日、若槻さんの依頼内容を聞いてから、ずっとこうだ。

「私が祈禱した次の日に、そんな依頼をしてくるなんて。祈禱にご利益を感じていれば、雫さんの手を煩わせることはなかったのに……ああ、情けない……」

　嘆いてばかりなので、見兼ねた俺が鳥羽さんに〈本気で若槻さんの話を信じてるんですか〉とメールした。鳥羽さんは、ＩＴ企業と新規プロダクトを開発中だそうで、なかなか返事が来なかったが、「直接会って説明したい」と申し出てきたのだ。

　かくして、この席が設けられた——なぜか兄貴まで「僕も同席するよ」と言い出したが。

　座卓の向こうに座った鳥羽さんを見る。湿度が高くて蒸すからだろう。今日はジャケットを羽織らず、薄水色の半袖シャツを着ているだけだった。

初めて見る鳥羽さんの二の腕は、肩幅からは意外なほど筋肉がつき、引き締まっている。

「ご迷惑をおかけしてしまい、申し訳ありません」

鳥羽さんが頭を下げると、桐島さんは悄然と俯いた。

「迷惑なんてことは……私が若槻さんのお役に立てなかったわけですから……」

「桐島さんに責任はありませんよ。彼の就活がうまくいかない原因は、孤独にあるのですから」

意味がわからない俺たちに、鳥羽さんは説明を始める。

鳥羽さんが若槻さんから話しかけられるようになったのは、今春、横浜大学の准教授になってすぐ。わざわざ他学部から講義を受けにきて、しかも毎回質問してくるので、最初は熱心な学生だと感心していた。しかしいつからか、会話に講義とは関係のない、個人的な話が含まれるようになった。その量は、日増しに増えていった。講義のとき、若槻さんはいつも一人。さりげなく訊いてみると、親しい友人はおらず、サークルもバイトもやっていないことがわかった。

一見、明るい青年なので気づかなかったが、若槻さんは孤独。だから着任したばかりで学内の人間関係が希薄な鳥羽さんに話しかけやすかったのだろう。

雫の話が出たのは、昨日の午後。講義を終えた鳥羽さんが帰り支度をしていると、若槻さんが教室に入ってきた。落ち込んでいる様子の若槻さんは、鳥羽さんに源神社で就職祈願の祈禱を受けた話をした後で、「先生はあの神社によく行かれてるそうですが、親しい人がいるんですか」と訊ねてきた。鳥羽さんが俺のことや、雫がずば抜けた推理力の持ち主であることを話すと、若槻さんはつかみかからんばかりの勢いで言った。

「その巫女さんに助けてほしい。誰かが僕の就活を邪魔しとるんや！」と。

「被害妄想だとは思いますが、彼は就活がうまくいかないことを誰にも相談できず、精神的に追い詰められている。久遠さんに相談に乗ってもらえば孤独が癒え、事態が好転すると考えたんです。彼女には若槻くんを連れてくる前に、ＬＩＮＥで事情を伝えてあります」

一緒に暮らしている俺は雫の電話番号とメアドしか知らないのに、いつの間にＬＩＮＥまでする仲に……。メアドでも連絡が取れることに変わりはないけれど……。

表情を緩めた桐島さんが、大きく息を吐き出した。

「ということは、私の祈禱のせいではないんですね」

「ええ。久遠さんには内緒にしてほしいとお願いしたのですが、そのせいでご迷惑をおかけしました。ところで、久遠さんは？『私から事情を説明する』とＬＩＮＥしたのに、既読にならないのですが」

「具合が悪くて部屋で寝てますよ」

俺が答えると、鳥羽さんは息を呑んだ。

「大丈夫なんですか？　まさか病気？」

「た……ただの過労です」

思わぬ勢いにたじろぎながら言う。

雫は連日、舞の稽古で師範のもとに通っている。夜遅くまで自主練もしているようだ。しかも、早朝ジョギングも欠かさない。もちろん、巫女としての奉務も続けている。

これで過労にならない方がおかしい。

俺の説明に、鳥羽さんは心配そうにしながらも頷いた。

「わかりました。若槻くんのことは一旦おいて、ゆっくり休むように伝えて――」

「若槻くんも、雫ちゃんの過労の一因ですよ」

兄貴が、鳥羽さんを遮った。

いつもと同じ清涼感に満ちた声に、微かに険が含まれている。

「雫ちゃんは、若槻くんと電話していました――午前二時すぎまでね」

俺だけじゃない、鳥羽さんの目も丸くなった。

「電話がかかってきたのは、午後十一時半すぎ。二時間半近く話していたことになりますね。話し声が聞こえるので様子を見にいったら、雫ちゃんは慌てて電話を切りました。さすがに疲れた様子でしたよ。『若槻さんからです。話を聞けてよかったです』とは言ってましたけど」

兄貴夫婦の部屋は、雫が居候している部屋と書庫を挟んだ並びだ。小声で話していても、気配は伝わってきたのだろう。

「雫ちゃんが名探偵であることは確か。僕も何度か頼っています。その僕が言うのもなんですが、深夜まで電話されるのは困りますね。少し自重するよう、若槻くんに言ってもらえないでしょうか。妻の遠縁から預かっている、大事な娘さんなんです」

兄貴がこの場に立ち会ったのは、鳥羽さんにこれを言うためか。

「――申し訳ありません」

鳥羽さんは、絞り出すように言って頭を下げた。

会ったその日のうちに深夜まで電話するなんて普通じゃない。思ったとおり、若槻さんの狙いは雫だったんだ。鳥羽さんは、雫に近づくため利用されただけ。

「失礼します」

俺の背後の襖が開く。廊下に、巫女装束の雫が正座していた。顔色は、色白を通り越して青白い。大きな瞳の下には、黒々としたくま。

「ご心配おかけしました。でも——」

雫の言葉がとまった。その原因——鳥羽さんは颯爽と立ち上がると、雫の前まで歩いて腰を落とした。一切の無駄が感じられない流麗な動きは、男の俺から見てもほれぼれするほどだ。

「宮司さまから電話のことを聞いたよ。若槻くんが迷惑をかけたね」

「あ……いえ……その……」

「まだ寝てた方がいいんじゃないの、雫ちゃん？」

猫を思わせる目を心配そうに細くしながら、琴子さんが顔を見せる。それが契機となり、雫は緊張しつつも微笑んだ。

「謝っていただく必要はありません。若槻さんの電話のおかげで、問題が解決しましたから」

一時間後。応接間に昨日と同じ顔ぶれ——俺、雫、鳥羽さん、若槻さんがそろった。

「僕の邪魔をしている奴はおった。でも誰かは特定できなくて、なのに問題は解決した？どういうことです？」

今日も大きめのシャツをラフに着こなした若槻さんは、整った眉をひそめる。背筋を真っ直ぐに伸ばして正座した雫は、いたわるような笑みを浮かべた。

「若槻さんは、手応えを感じても不採用になったことが何度もあると言ってましたよね。一度や二度でないとなると、思い込みとは考えにくい。だから、悪い評判を広げられたのだとわかりました——ＳＮＳで」

「どういうことです？　僕はＳＮＳなんてやってませんが？」

「誰かが若槻さんの名前を騙った『なりすましアカウント』をつくって、ひどい書き込みを繰り返していたんです」

　ＳＮＳは匿名で利用できるサービスも多いが、Facebook のように実名登録が原則のものもある。若槻さんの名前が登録されたＳＮＳは、アメリカに本社を置く新興のＳＮＳ「FaceReal」だった。「第二のFacebook」を標榜し、実名登録が原則。手軽に写真を加工してアップロードできることや、プライバシーの保護がしっかりしていることが評判になり、十代、二十代の若者の間で急速に広がっている。

　若槻さんのなりすましアカウントでは、特定の人種を貶めたり、揶揄したりする差別的なコメントが、連日、大量に書き込まれていた。若槻さんが志望した企業や薬局の悪口も多々あった。それも、若槻さんが面接するより前の日に。「奨輝」という名前は珍しいから、同姓同名の別人とも考えにくい。

よってこのアカウントは、何者かが若槻さんを貶めるためにつくったと見て間違いない。

「採用担当者は、志望者が問題を起こしていないか、インターネットで名前を検索することがあるそうです。担当者はこのなりすましアカウントを見て、最初からよくない印象を持っていたり、採用を取りやめたりしたのでしょう」

「SNSか。全然興味がないから、想像もしなかったわ」

ショックを受けると思ったが、若槻さんはあっさりしたものだった。奇妙に思いながら、俺は問う。

「なりすまし犯は、若槻さんの志望先を知っていたとしか思えません。誰が犯人か、調べればわかるんじゃないですか？」

言葉は選んだが、若槻さんは友だちがいないのだ。簡単に特定できるはず。

「うーん……。就職については、教務やゼミの指導教官に相談してますからねえ。そこから情報が漏れたかもしれんから、犯人を特定するのは難しいと思います」

煮え切らない答えだった。雫もやわらかな表情を浮かべてはいるものの、よく見なければわからないほど微かに、眉をひそめている。

「犯人特定はあきらめるにしても、なりすましアカウントは消してほしい。でも難しいんですよね、先生？」

「問題が起こったときの連絡先を公開していないＳＮＳもあるし、連絡できたところで、そのアカウントがなりすましだと証明しなくてはならないからね。泣き寝入りする人もいる。でも、今回は例外だ。久遠さんが動いて、既に凍結されている」

「へ？」

「FaceRealの日本法人では埒が明かないので、アメリカ本社に直接電話したんです。二十四時間対応してくれる窓口があってよかったです。なりすましであることは証明できなかったけど、『反社会的な書き込みをしているアカウント』ということで、すぐに凍結してくれました」

雫はさらりと言ったが、それなりに英語がしゃべれなければ事情は説明できない。外国人観光客と英語で話している姿を見たことはあるが、そこまでしゃべれるとは思わなかった。

「これでもう、このアカウントは使えませんし、過去の書き込みが見られることもありません。犯人を特定できないことは不安でしょうが、面接官になにか言われても、なりすましのことをきちんと説明すれば大丈夫です」

「よかったな、若槻くん」

鳥羽さんの笑みには、安堵が色濃く滲んでいた。俺も胸を撫で下ろしたが。

「ええ、よかったです」

若槻さんまで満面の笑みを浮かべていることが、少し引っかかった。

犯人を特定できないことに、不安はないのか？


一週間が経った。

雫は相変わらず、舞の稽古で忙しい。午前中、師範のところに行って、夜まで帰ってこないこともある。

「源神社が夏越大祓式で披露する巫女舞は、静御前が踊ったとされる舞なの。そういう舞は各地の神社にあるけど、うちの『静の舞』は静と動の差が激しくて、かなり難しいんだよ。いつもはそういうのが得意な巫女さんにヘルプに来てもらうんだけど、雫ちゃんが『伝統ある巫女舞をどうしても舞いたい』と言うから、師範が一から仕込むことになったんだ」とは琴子さんの弁だ。さすがに苦戦しているようなので、「せめて早朝ジョギングは休んだらどうですか」と言ってみたが、「汐汲坂の傾斜は走り甲斐がありますから」と、氷の剣のような声で一刀両断にされてしまった。

要は、いつもどおりの日々に戻ったのだ。

あれから若槻さんは姿を見せない。雫に電話もかけてこないようだ。

心配のしすぎだったか、と思っていた昼下がり。俺は雫と、授与所で番をしていた。

お姫さまだっこの桜に触ってきたと思われる若い女性二人が来て、はしゃぎながら恋愛成就のお守りを手に取っている。その後ろから、若槻さんが現れた。今日は紺色のリクルートスーツで身を固めている。すっきりした顔立ちと相まって、どこから見てもさわやかな好青年だ。

なのに、こちらを見る目には、なぜだか不安を掻き立てられた。

若槻さんの頭上には、いまにも雨が降り出しそうな、鉛色の雲が広がっている。

「こんにちは」

女性二人がお守りを買って――じゃない、受けてから、若槻さんは言った。

「――こんにちは、若槻さん」

雫が挨拶を返すのに、一瞬の間があった。背筋こそ真っ直ぐにしているが、やはり疲れているのだろう。

「本日は、どうなさいました？」

「お礼を言いにきたんです。午前中の面接で、遂に内定をもらえました」

「おめでとうございます。よかったですね！」

「久遠さんのおかげです。ほんま、おおきに」

若槻さんが満面の笑みで何度も頷く。俺もうれしくはあったが、気になることを訊ねる。

「なりすまし犯の方は、その後どうですか」

「どうもしとりません。なにもないから、犯人はもう嫌がらせをやめたんやないかな」

どうでもよさそうな口調だけど、自分が志望する会社のことまで把握されていたのだ。普通は犯人の正体が気になって仕方ないのでは？

「わたしにお礼を言うために来てくださったのですか？」

「それもありますが、新しいお願いが。妹のことなんです。めっちゃかわいいんですよ。性格もよくて、男が放っておかなくて、悪い虫が寄りつかないか心配やけど、『お兄ちゃんほどかっこいい男はいない』と言うてしょっちゅう連絡をくれるから、いまのところ大丈夫です」

そんなことを言う妹がいるのか？　不審の念が強まる俺には構わず、若槻さんは続ける。

「妹はいま高校三年生で、最近、『卒業したら巫女さんになりたい』と言い出したんです。それで、久遠さんに詳しい話を聞かせてもらえないかと思いまして」

「構いませんよ。いまは慌ただしいので、今月末の夏越大祓式が終わってから――」

「妹の進路がかかっているので、できるだけ早くお願いします」

若槻さんは、押しつけるように言った。

「妹は大阪に住んどるんで、ビデオチャットで話させてください。いいカフェがあるから、そこに行きましょう。みなとみらい駅のクイーンズスクエアにあるル・ペシェという店です」

「カフェより源神社にしませんか？　久遠も、いろいろ見せながらお話しできますよ」

口を挟んだ俺に、若槻さんは笑顔を向けてきた。

「妹は、そのカフェに行ったことがあるんです。なじみのある場所が見えた方が、落ち着いて話せるでしょ？　最初にいきなり神社につながったら、緊張して話せませんよ」

強引な理屈だし、「最初に」ということは二回目以降もあるのか。

本当に妹さんのためなのか？　雫とカフェに行きたいだけなんじゃないのか？

若槻さんは笑顔を崩さない。強引な申し出を口にしたとは思えないほどさわやかだ。

——友だちがいない理由が、わかった気がした。

「わかりました。カフェでいいです」

雫が答えた。俺が「いいんですか？」と問う間もなく、雫は俯くと、両手を組んでもじもじし始める。

「でも、わたしは人見知りで……知らない女の子と話すなんて、自信がない……」

文句なくかわいらしい仕草だ。若槻さんは、息を呑んで見惚れている。でもこの三ヵ月、毎日顔を合わせてきた俺は声を大にして言いたい。

嘘つけ！　お前のどこが人見知りだよ？

必死にその叫びを呑み込んでいると、雫は「ですから」と、俺の白衣の袖を引いた。

「坂本も同席させてください」

3

「坂本が同席すれば、わたしも安心して話せます。妹さんのためにも、ぜひ、そうさせてください」

雫のすがるような申し出を、若槻さんはあっさり了承した。さわやかな笑みを浮かべ、「お手数おかけしますが、よろしくお願いします」と、俺の手まで握りしめてきた。

雫を狙っているというのは、やっぱり考えすぎか？　またわからなくなっているうちに、若槻さんは「お二人と妹の予定を調整して、また連絡します」と言い残し帰っていった。

「若槻さんと二人だけになるのが気まずいから、人見知りと嘘をついたんですよね？」

質問というより確認だったが、雫は冷え冷えとした瞳で俺を見上げた。

「本当に人見知りなんです。知らない女の子相手だと緊張して、あらぬことを言って傷つけてしまうかもしれない。だから、壮馬さんに一緒に来てほしいんです」

とても信じられないが、本人は真剣そのものだった。

俺も同席するので問題ないとは思ったが、仕事が終わって草壁家に戻ってから、念のため鳥羽さんに電話で事情を話す。

〈そうですか。若槻くんに妹が……〉

「知らなかったんですか？」

〈ええ。そんな話は聞いたことがありません〉

妹を溺愛している様子だったのに？

〈たまたま私に話す機会がなかっただけでしょうね。同世代の人と接するのは若槻くんにとっていいことですし、あまり口を出したくありません。よろしくお願いします〉

言葉とは裏腹に、鳥羽さんの不安がありありと伝わってきた。その不安が伝播して、電話を切ってから居間に行き、雫にいまの話をする。

「若槻さんは、雫さん目当てなんじゃないでしょうか。桐島さんが祈禱した後、帰り際に俺の方を見ている気がしたけど、本当は雫さんを見ていたのかもしれません」

「わたしたちの体格差が大きいから、おもしろかっただけじゃないですか」

「でも、FaceReal のなりすまし犯を気にしていないことも引っかかります。妹なんていなくて、雫さんをカフェに呼び出すために嘘をついているのかも」

「容姿が美麗なだけのわたしなんかのために、そこまでするはずがないでしょう」

自己評価が高いのか低いのかわからない答えだが、とりあえず自分が美人だという自覚はあるらしい。「かわいい」と言われたことがないから鳥羽さんの言葉が恥ずかしかった、と言ってたくせに。あれは嘘だったんだな。そんなはずないとは思ってたけど……。

それに関しては、まあ、どうでもいいとして、若槻さんの方は心配だ。兄貴たちは夏越大祓式の準備で忙しそうだから、相談できないし……。

迷っているうちに、若槻さんから連絡が来た。各自の予定を合わせた結果、今週土曜日の午後一時にル・ペシェに集まることになった。既に若槻さんの名前で予約を入れたという。その日、雫は休み。俺は白峰さんの手伝いがあるので、間に合うように終わらせて直行する。

――そう。俺は先日の騒動以降、時折、白峰さんの手伝いでほかの神社に行っているのだ。

主な仕事は、掃除。

「嬢ちゃんに仕込まれてるだけあって、坊やは筋がいい。宮司の許可はもらったし、人手がほしいときに頼めないか」と言われたときは迷ったが、掃除自体は嫌いではないし、お金も出してくれるというので受けることにした。貯金はあるに越したことはない。

雫を好きにならないと決めた以上、この仕事はもうやめた方がいい。でも、大学をやめる口実に先輩を利用したことを引きずったままでは自分がなにをしたいのかわからなくて、次の勤め先が見つかるまで時間がかかるかもしれないからだ。

兄貴には、近いうちに相談しよう——と決意してから、雫が謎を解いた後に見た、佐々岡さん母子(おやこ)や鳥羽さん元夫婦、白峰さんたちの顔を、やたらと思い出す。

なぜかは、わからない。

土曜日。俺は、みなとみらい線馬車道(ばしゃみち)駅から徒歩五分のところにある本条(ほんじょう)神社に来ていた。

この辺りは、江戸時代末期に横浜港が開港されてから、外国人が馬車で行き交ったことがきっかけで「馬車道」と呼ばれるようになった。煉瓦(れんが)で舗装された道路や石造りの建物、未だ使われているガス灯など、レトロモダンな雰囲気が漂う街並みだ。映画やドラマの撮影で使われることも多い。

本条神社も、この景観を少し取り入れている。

鳥居や拝殿、本殿はどこの神社でも目にする伝統的なデザインだが、三つある摂社のうち、二つが赤煉瓦造りなのだ。横浜大空襲で灰燼に帰した後、周りの景観に合わせたものに再建したらしい。煉瓦を使っている神社は全国でも珍しく、兄貴も、東京都足立区にある堀之内氷川神社など、いくつかしか知らないそうだ。

煉瓦の汚れは簡単には落ちないので、高圧洗浄機を持ち込んだ。水が大量に飛び散るので作務衣に着替え、レインコートを羽織って作業する。

時刻は午前十時。今日も湿度が高く、蒸し暑い。

「あっという間にきれいになっていくな。壮観だ」

赤みを取り戻していく煉瓦にご満悦の白峰さんだったが、ふと眉をひそめた。

「今日はやけに人が多いな」

言われて気づいた。女子中高生と思しき少女たちが、境内に次から次へと入ってくる。

その数は、見ている間にどんどん増えていく。

白峰さん以外の神職や巫女たちも困惑の面持ちだ。少女たちになにか言われ、慌てて首を横に振る神職もいる。白峰さんと顔を見合わせていると、女子中学生らしい二人組が俺に詰め寄ってきた。

「キヨミヤくんはどこですか？」

「ほかのソードブレイカーのメンバーは来てないの？」

訳がわからない俺に、白峰さんが言う。

「ソードブレイカーってのは、キヨミヤくんをリーダーとする、五人組のアイドルグループだよ。顔だけじゃない、歌も踊りも演技もすばらしくて、人気急上昇中だ」

「なんで白峰さんが、そんなことを知ってるんですか？」

「神職たる者、いろいろなことにアンテナを張っておくのは当然だろ」

得意げに鼻の穴を膨らませる白峰さん。妙なところで心がけが立派だな……。ため息をこらえつつ、二人組に訊ねる。

「そのキヨミヤくんが、どうしたんです？」

「ここの神社で撮影してるんでしょ？」

「ネットに写真が出てた。早く会わせて！」

白峰さんと、再び顔を見合わせた。

「キヨミヤくんが新作映画の撮影で馬車道にいる。現在、本条神社でクライマックスシーンを撮影中。みんな、ぜひ来てね！」という話が、ＳＮＳに出回っているらしい。

もちろんデマだ。ただ、無名時代のキヨミヤくんが馬車道や本条神社をバックに撮影された写真をわざわざさがし出してアップした、手の込んだデマである。

かつて「アイドルグループが来る」というデマが流れて、原宿の竹下通りに少女たちが殺到し、警察が出動する騒ぎがあった。なんの目的か知らないが、誰かが似たようなことをしようとしたのだろう。キヨミヤくんの地元が横浜で、普段から目撃情報が多いこともあってか、目論見は見事に果たされた。

白峰さんがSNSに「デマです」と書き込んだものの、既に燃え広がった炎に水滴を垂らすようなもの。デマの拡散はとめられず、俺たちは掃除を中断して少女たちの相手をするはめになった。事情を理解してくれた彼女たちにもデマであることを書き込んでもらって、ようやく人波が引いたのは午後一時十五分すぎ。

「悪かったな、坊や。嬢ちゃんと出かける用事があったんだろ」

さすがに疲れた顔をして、白峰さんが言った。俺は作務衣の襟元をつまんで揺らし、胸元に空気を送り込みながら答える。

「大丈夫です。さっきメールしましたから」

本条神社の状況を伝えた上で、〈どこかで合流して行きましょう。若槻さんには適当な理由をつけて『遅れる』と言ってください〉と送った。若槻さんにはあらかじめ、「本条神社の掃除が長引くかもしれない」と話してある。問題ないはずだ。

着替えるため社務所に戻り、作務衣のポケットに入れていたスマホを取り出す。マナーモードにしてあるので気づかなかったが、雫からメールが届いていた。
〈お待たせするのは申し訳ないから、先に行きます。緊張してあらぬことを口にしないか心配ですが、がんばってみます〉

律義な子だ。これから向かうことを告げるついでに様子も知りたくて、電話をかける。呼び出し音が鳴る。一度、二度、三度——の途中で、音はぷつりと切れた。怪訝に思いながらリダイヤルする。
〈おかけになった電話は、電波の届かない場所にあるか、電源が入っていないため、かかりません〉

たったいま、つながったのに？　電波の入りが悪い店なのかもしれない。みなとみらい駅にある店なのだ。休日で人も多いし、心配することはないだろう。

そう思ったが、不安は拭い切れなかった。

本条神社に来るときは、白峰さんに車に乗せてもらった。自転車で来ればよかったと後悔しながらタクシーを拾おうとしたがつかまらず、馬車道駅まで走る。

ホームで電車を待つ間、雫だけでなく、若槻さんにも電話をかけたが圏外だった。店にも電話したが、忙しいのか呼び出し音が鳴るだけで誰も出ない。

不安が強まっていく中、到着した電車に飛び乗る。みなとみらい駅までは一分で着くはずなのに、移動時間がやけに長く感じられた。

みなとみらい駅に着くと、ドアが開くなり駆け足でホームを進んだ。改札を出てクイーンズスクエアを目指す。初めて行く場所だが、駅直結だからすぐに着く……と思っていたが、いざそれを前にして、俺は立ち竦んだ。

ル・ペシェがあるのは、クイーンズスクエアの一階だ。改札を出たところは地下三階で、両脇を赤く彩られた、一階まで直結の長いエスカレーターをひたすら上らなくてはならない。

こんな地下深くの駅だったなんて……っ！

エレベーターは待ってられない。全速力でエスカレーターを駆け上がる。長い。とにかく長い。息が切れ、眩暈（めまい）がしかけたところで一階に着いた。目的地のカフェは、すぐに見えた。時刻は午後一時四十分。肩で大きく息をしながらガラス戸を開けるなり、ウエートレスに訊ねる。

「『若槻』の名前で予約してるんですけど！」

「若槻さま……髪の長い女の子と一緒だった方ですか。なら、帰られましたよ」

なに？

「お待ち合わせのすぐ後です。女の子の方が具合が悪くなったようで、男性におんぶされていました。『救急車を呼びましょうか』と言ったのですが、『大丈夫』とおっしゃってましたし、タクシーを呼んでいたから問題ないと思ったのですが――」

ウエートレスの声は、途中から聞こえなくなった。

雫も小柄だが、若槻さんも男性にしては小柄だ。無抵抗におんぶされるはずがない。本当に具合が悪くなっただけなら、電話がつながらないはずもない。薬かなにかを飲まされたんだ。

つまり、拉致(らち)されたということ――。

鳥羽さんに電話して、若槻さん――いや、若槻が雫を拉致したことを話す。

〈そちらに行きます。みなとみらい駅のけやき通り口で待ち合わせましょう〉

その一言を残して電話が切れた。

それから十分もしないうちに、けやき通り口で鳥羽さんと合流した。鉄仮面を思わせる顔はいつも以上に硬く、弾力がなさそうだ。半袖シャツもスラックスもグレーのせいで、甲冑(かっちゅう)を纏った騎士を思わせる。

「警察には?」

「通報しましたけど、『それだけだと動けない』と取り合ってもらえませんでした。兄貴たちは奉務中でつながらないし、ほかに頼りになりそうな人は鳥羽さんくらいで……すみません」

「構わないから詳しい説明を」

デマのせいで待ち合わせに遅れたこと、雫が先に一人で店に行ったこと、若槻が雫をおんぶしてタクシーに乗ったことなどを早口に話す。

「そうですか」

俺の話が終わると、鳥羽さんはそれだけ言って黙った。道路沿いに植えられた欅の葉は瑞々（みずみず）しく、その下を休日を楽しむ人たちが歩いていく。そんな中、俺たちの周りだけが切り抜かれたように空気が緊迫していた。

「若槻がどこに行ったのかわからないけど、とにかく心当たりを――」

「最初に就職祈願の祈禱を依頼したのは、久遠さんに近づくためだったんでしょうね」

俺の言葉を遮り、行き交う車を見据えながら鳥羽さんは言う。

「しかし久遠さんは、祈禱のとき不在だった。そこで源神社によく行っている私を通して、久遠さんに近づくことにした。久遠さんが謎解きを請け負っていると知ると、就活を邪魔されているふりをするため、FaceRealで自作自演のなりすましアカウントをつくり、自分が受けた企業の悪口や差別的な文言が以前から投稿されていたように見せかけた。なりすまし犯の正体に無関心だったのも、自作自演だったなら頷ける」

自作自演——女の子に近づくためだけに、そこまでするか？　信じられなかったが、雫が拉致された以上、認めるしかない。雫と、もっとちゃんと話していれば……でも、後悔するのは後だ。

「せっかくの自作自演もスピード解決されてしまい、久遠さんに近づく口実を失った。そこで、いもしない妹の話をして久遠さんを呼び出した。『巫女になりたい』と言われれば、無下にはできませんからね。デマを流したのも若槻くん。本条神社に人を集めて、坂本さんを足どめしようとした。成功するとはかぎらないのに、こんな無計画なことをするなんて。真っ当な判断力を失っているのかもしれない」

「とにかく、若槻が立ち寄りそうな場所をさがしましょう」

焦りと苛立ちを抑えて言うと、鳥羽さんは不思議そうに俺を見た。

「ゼミの教官に若槻くんの住所を問い合わせています、と言いませんでしたか？」

「……言ってませんよ」

「失礼。個人情報にうるさいご時世ですが、事情を話したので融通してくれるはず。久遠さんを自宅に連れていったとはかぎりませんが、闇雲にさがし回るよりいいでしょう」

そんな大切なことを言った気になっているなんて。そうは見えないが、いまの鳥羽さんは相当焦っている。

鳥羽さんが、スラックスのポケットからスマホを取り出す。

「連絡が来ました。タクシーを拾いましょう」

タクシーに乗ってから、鳥羽さんは行き先を告げただけで無言だった。俺も同様。運転手のおじさんは最初こそ陽気に話しかけてきたが、すぐに黙った。

若槻の家は、京急電鉄の戸部駅の近くらしい。みなとみらい駅からは車で五分ほど。ホテルにでも連れ込んだ方が足がつきにくいから、自宅にいる可能性は低いだろう。

それでも鳥羽さんの言うとおり、闇雲にさがし回るよりはいい。

ダッシュボードに設置されたデジタル時計を見遣る。午後二時十三分。雫が連れ出されたのが一時間ほど前だから、若槻がなにかするつもりならとっくに……余計なことを考えるな。鳥羽さんの分まで、俺が冷静にならないと……。

「あの家だな」

鳥羽さんが呟く。タクシーがとまったのは、外壁を煉瓦風に加工した木造アパートの前だった。二階建てで、各フロアに三つずつ部屋がある。若槻の部屋は二階の真ん中だ。急いでタクシーから降りようとした、そのときだった。

窓の向こうに、人影が見えた。

若槻――！

冷静なんて概念は、理性とともに吹っ飛んだ。アパートの外階段を猛然と駆け上がる。若槻の部屋まで来ると「開けろ！」と連呼しながら、握りしめた拳でドアを何度も殴りつけた。

「坂本さん、冷静に――」

追いついてきた鳥羽さんが言っている最中、ドアが開く。

大きめのシャツをラフに着こなした、若槻が立っていた。脇に押し退け、中に駆け込む。

雫になにかあったら、絶対に若槻を許さない――。

「もう事情はわかりましたから」

耳慣れた声に、足も思考もとまる。

若槻の部屋は、八畳ほどのワンルームだった。窓際にシングルベッドがある。その手前には、ガラステーブルと二人掛けのソファ。

雫はそこに、背を預け座っていた。

すみれ色のアコーディオンプリーツスカートに、白いブラウス。着衣に乱れはない。奉務中と違って束ねずに下ろした黒髪も、真っ直ぐで整っている。

なにもされてない……。へなへなと床に膝をつく。無事だ。よかった――。

でも、誰と話してるんだ？

〈本当に申し訳ございませんでした。私のせいでご迷惑をおかけしました〉

静かで丁寧で、アナウンサーもかくやというほど正確無比なイントネーションは、ガラステーブルに置かれた若槻のスマホから流れていた。若い女性の声だ。

スピーカーホンにしているらしい。

「もう謝る必要はありませんよ」

〈――ありがとうございます〉

電話が切れる。雫は小さく息をつくと、俺に怪訝そうな目を向けてきた。

「大きな声を出してましたけど、なにかあったのですか？」

「雫さんが、若槻に拉致されたと思って……。カフェで、そういう話を聞いたから……」

「意味がわかりません。わたしは自分で希望して、ここに連れてきてもらったんです」

4

俺が混乱している間に、鳥羽さんと若槻も部屋に入ってきた。ワンルームに男三人が立ち、ソファに腰を下ろす雫を見つめる格好になる。

「確認だが、久遠さんは拉致されたわけじゃないんだね？」

安堵と困惑の交じった顔で訊ねる鳥羽さんに、雫は「違います」と首を横に振った。若槻もいるからか、口許の笑みは、いつも鳥羽さんを前にしているときほど緊張していない。

それから雫は、俺に向かって小首を傾げた。

「カフェで、一体なにを聞いたのですか？」

「雫さんが具合が悪くなって、若槻さんにおんぶされて出ていったと……薬でも飲まされたのではないかと……」

「本当に具合が悪くなったんです。舞のお稽古で疲れが溜まっていたのでしょう。しばらく早朝ジョギングは休むべきかもしれません」

「だから言ったじゃないですか！」

つい大きな声を出してしまう。

「でも電話は？　呼び出し音が途中で切れて、あとはずっと圏外でしたよ」

「ちょうど電池が切れたんです」

「若槻さんのも？」

「モバイルバッテリーで充電しようと思ってたんやけど、久遠さんが大変だから、それどころじゃなくなって……」

二人そろって電池切れ？　そういう偶然も、絶対にないとは言い切れないが……。

「具合が悪いなら、店でおとなしくしてればよかったじゃないですか」

「横になりたかったんです。お店でそんなことをしたら迷惑でしょう。すぐ近くというから、若槻さんの家に連れてきてもらいました。おかげで元気になりましたよ」

雫はソファの肘掛けにもたれて優雅に微笑んでいるが、軽率すぎる。知り合ったばかりの男の家に一人で行くなんて。しかも雫の思い違いで、本当は狙っているかもしれないのに……。

俺の心情を目敏く察したか、若槻がうかがうように言う。

「もしかして坂本さん、僕が久遠さんを狙ってると思ってます？」

「その可能性もなくはないと思っていました。若槻さんは就活の祈禱を受けた日、帰り際に久遠を見ていた気がしましたから」

慎重に言葉を選んで肯定する俺に、若槻は心外そうに首を大きく横に振った。

「誤解です。お二人の体格差が大きいから、おもしろくてつい見とっただけですわ」

それって、雫の言ったとおりじゃないか！

「若槻くん、疑ってすまなかった」

鳥羽さんは深々と一礼したが、顔を上げると両目を少しつり上げ、ガラステーブルに置かれたスマホを見遣った。見落としていたが、コンセントにつなげて充電中だ。

「でも、いくら久遠さんが望んだとしても、女の子を自分の部屋に連れ込んだんだ。先ほど久遠さんが誰かと電話していたが、その前に坂本さんに連絡するべきだった」

「若槻さんのせいではありません。順番に説明させてください」

若槻が口を開く前に、雫が言う。

「そもそも、わたしが若槻さんと会うことにしたのは、就、就活を邪魔、魔した犯人、人について話し、したかったからなんです」

意味がわからず、鳥羽さんとそろって怪訝な顔をしてしまう。

「若槻さんの就活を邪魔した犯人——FaceReal のなりすまし犯について、わたしは二つの疑問を持っていました。

一つ目は、なりすまし犯が若槻さんの志望先を知った方法です。教務やゼミの指導教官から情報が漏れたとしても、若槻さんの邪魔をしてメリットのある人がいるとは思えません。この方面に犯人がいないとなると、なりすまし犯はどうやって情報を得たのか。

二つ目は、若槻さんがなりすまし犯に無関心なことです。正体がわからなければ、あれこれ想像して不気味に思って当然。なのに、どうでもよさそうでした」

「鳥羽さんは、雫さんに近づくための自作自演だと言ってました。俺もそう思います」

「若槻さんがわたしを狙っているという先入観に惑わされて、真相を見誤っています。すなおに考えればわかるはずです——なりすまし犯は若槻さんの妹だ、と」

「若槻くんには、本当に妹が？」

鳥羽さんが驚きの声を上げる。

「『本当に』って？　どういう意味ですか、先生？」

「それは……久遠さんを呼び出すために嘘をついたのではないかと……君は私に、妹の話なんてしたことがないから……」

珍しく歯切れが悪くなる鳥羽さんに、若槻はショックを受けたように両目を大きく見開いた。

「話さなくて当然ですよ。先生みたいなイケメンが妹に興味を持ったら困るやないですか。悪い虫がつかないように細心の注意を払っとったんです」

「妹さんが巫女になりたいから久遠さんに話を聞きたい、というのも本当なのか？」

「もちろん。妹のために、強引なことは百も承知でお願いしました」

じゃあ雫を狙っているというのは、完全に勘違い？　信じられないが、本当に狙っていろいろ画策したなら、雫と部屋で二人きりになったチャンスを逃すはずがないし……。

ぎこちなく顔を向けると、雫は笑顔をかき消し、冷え切った瞳で俺を見上げていた。

――だから言ったじゃないですか。

目だけで俺に告げると、すぐさま口許に天使の微笑みを戻す。

「妹さんなら、若槻さんの志望先を把握できます。『お兄ちゃんほどかっこいい男はいない』と、しょっちゅう連絡してくるそうですからね」

「だとしても、どうして妹が若槻さんの就活を邪魔するんですか。仲のいい兄妹（きょうだい）なら、そんなことをするはずない」

「仲のいい兄妹だからこそ、です。若槻さんの家族は『大阪で就職してほしい』と言っている。でも若槻さんは、横浜に残りたい。だから妹さんはFaceRealを使って、若槻さんを貶める行動を取った。お父さまのコネがあるから、就職自体はなんとかなります。若槻さんの汚名をそそぐ方法は、大阪に帰ってきてから考えればいい」

これが一つ目の疑問――なりすまし犯が若槻の志望先を知った方法の答え。

「若槻さんは、なりすまし犯の存在を知って、すぐに妹の仕業だと気づきました。でもアカウントが凍結されたから実害はない。告発して、妹を困らせたくもない。だから、知らん顔をすることにしたんです」

そしてこれが二つ目の疑問——若槻がなりすまし犯に無関心なことの答え。

「久遠さんの言っていることは正しいのか？」

鳥羽さんの問いかけに、若槻は申し訳なさそうに頷いた。

「お話しするべきか迷ったんですが……すみません」

「若槻さんから妹さんがいると聞いたとき、彼女がなりすまし犯ではと疑いました」

雫が続ける。

「若槻さんは妹さんを問い詰めるつもりはないようですが、わたしは気になりました。今度は内定を取り消すために、なにかしてくるかもしれない。様子をさぐるため、ビデオチャットすることにしたんです。話の流れによっては、その場で告発するつもりでした。壮馬さんに話さなかったのは、勘違いだったら、妹さんに悪いと思ったからです」

「こうして俺たちに話しているということは、勘違いではなかったんですか」

「はい。先ほど、電話で本人とお話ししました。反省して、何度も謝ってましたよ。ちょうど電話が終わるときに、壮馬さんたちが入ってきたんです」

ガラステーブルに置かれたスマホに目を遣る。先ほど聞こえてきた謝罪の言葉が脳内に蘇る。

その瞬間、俺の中ですべてがつながった。

——そういうことだったのか！

「電話相手の女性が若槻の妹であり、なりすまし犯。動機は、大好きなお兄ちゃんに大阪に帰ってきてもらうため」。雫の話をまとめると、こうなる。

俺が思いもしなかったことだ——奥歯を強く嚙みしめた。

「デマを流して本条神社に人が来るように仕向けたのも、妹さんでした。軽い気持ちで『巫女になりたい』と言っただけなのに、若槻さんがわたしに話を聞く場をセッティングしてしまった。若槻さんからわたしの推理を聞いていた妹さんは、なりすましを見抜かれることをおそれた。壮馬さんが来られなければ、今日の会がキャンセルになると思ったんだそうです」

「……そこまでしますか」

あきれ果てて、自然とその言葉がこぼれ出た。

鳥羽さんは、天を仰いで息をつく。

「若槻くんのことを信じていれば、私も真相にたどり着けただろう。それに関しては反省しなくてはならない。でも、すぐ坂本さんに連絡しなかったのは、やはり若槻くんの責任だ」

「いいえ、わたしの責任です。急に具合が悪くなったので、カフェの店員さんに伝言をし損ねてしまいました」

若槻に代わって、雫が言う。

「それに、ここに連れてきてくれた後、若槻さんはエアコンを入れたり、水を持ってきてくれたりしました。その間に、妹さんから充電中のスマホに電話がかかってきたんです。若槻さんが話している様子から妹さんだと察したわたしは、推理を突きつけずにはいられない衝動に駆られて、無理やり電話を代わってもらいました」

「じゃあ若槻さんが俺に連絡しなかったのは、雫さんのせい？」

俺の言葉に、雫は天使の微笑みを浮かべたまま頷いた。

人の気も知らないで、よくもそんな台詞を、そんな顔で……！

「壮馬さん？　どうしました？」

「別に」

自分でもこわい顔をしていることを自覚しながら、短く応じる。雫は気にする様子もなく受け流すと、鳥羽さんに言う。

「若槻さんは、わたしと妹さんに振り回されただけ。なにも悪くありません」

「そういうことなら仕方ないか」

微苦笑を浮かべる鳥羽さん。その傍らで若槻は、目にうっすら涙を浮かべて呟いた。

「おおきに、久遠さん。ほんま、おおきに」


若槻の家を出た俺は、「電車で帰れます」と言い張る雫を、強引にタクシーに押し込んだ。運転手に告げた行き先は源神社ではなく、港の見える丘公園。

「帰りたいのですけど」

「さんざん心配かけたんだ。少しつき合ってください」

若槻の部屋で浮かべていた天使の微笑みが嘘のように冷たい眼差しで見据えられたが、無視する。俺が珍しく強引な態度を崩さなかったからか、雫がそれ以上なにも言わないでいるうちに目的地に着いた。

港の見える丘公園の展望台からは、横浜港やベイブリッジを見下ろせる。絶景ではあるが、どちらかと言えば夜景の方がきれいで、人気も高い。「英国風の庭」をテーマにつくられたイングリッシュローズの庭や、噴水を囲んで花々が植えられた沈床花壇など、植物も多い。

元町近辺にはなじみの薄かった俺だが、ここにはつき合っていたカノジョと何度か来たことがある。

いまの俺と雫の間には、そのときのような甘い空気は粒子すら漂っていなかった。

イングリッシュローズの庭に入る。バラは、最盛期はすぎたもののまだいくつか咲いていて、ほのかな香りを漂わせている。その中を突っ切り、三角屋根がかわいい東屋のベンチに二人で腰を下ろした。左隣の雫との間には、大人一人分のスペース。休日にしては珍しく、辺りに人はいなかった。鉛色の雲から、いまにも雨が降り出しそうだからかもしれない。

「なにかお話があるから、こんなところに連れてきたんですよね」

ベンチに深々と背を預け、園内のバラに視線を固定させたまま雫は切り出す。

「先ほど言ったように、わたしは疲れています。家ではだめだったのですか」

「広いところで話したかったんですよ、気持ちを鎮めるために」

「どうして鎮める必要が？」

「……俺が若槻の家に行くまで、どんな気持ちでいたかわかりますか」

乱れた呼吸を無理やり抑えつけて言うと、雫はゆっくりと俺に顔を向けた。

「心配をかけたことはお詫びします。でも、一刻も早く妹さんにわたしの推理を——」

「そういうことを平然と言うから、腹が立つんですよ」

大人げないことは百も承知で、自分より二回りは小さい少女を睨みつけてしまう。

「どうして若槻を庇うんですか」

「――別に庇ってませんが」

一瞬ではあるが、雫の大きな瞳が泳いだ。俺は深く息を吸い込んでから続ける。

「二人そろってスマホの電池が切れるなんてタイミングがよすぎる気がしたけど、そういう偶然もないわけじゃない。でも雫さんの座り方がきっかけで、やっぱりおかしいと思いました。雫さんは正座するときも、椅子に座るときも、いつも背筋が真っ直ぐだ。でも若槻の部屋では、ソファの肘掛けにもたれかかっていた。いまだって、ベンチに背を預けてます」

「あ」

整った顔には不似合いな間の抜けた声を上げた雫が、唐突に背もたれから身体を離し、背筋を真っ直ぐに伸ばした。俺はため息交じりに、雫の肩をそっと押す。小さくて華奢な身体は、くにゃりと倒れ込むように、またベンチの背にもたれかかった。

思いのほかやわらかくて、あたたかい――。

雫の感触を、そっと握りしめる。

「カフェで具合が悪くなったなんて嘘。本当は薬を飲まされて意識を失って、若槻の家に連れ込まれたんでしょう。まだ薬が抜け切ってないから、背筋を伸ばせない。タクシーの中でも、ずっとそんな姿勢でしたよ」

「まだ完全回復していないんです。だいたい、薬を使われたという証拠はありません」

「そうですね。でも姿勢は、おかしいと思ったきっかけにすぎない。さっきの雫さんの話が嘘だという証拠は、別にあります」

ハッタリだと思っているのだろう、氷の表情は微動だにしない。

「俺が部屋に入ったとき、雫さんはちょうど電話を切るところでした。相手は若槻の妹だと言ってましたよね。でも、妹のはずがない」

「なにを根拠に？」

「若槻は大阪出身で、時々、大阪弁が交じります。でも電話から聞こえてきた女性の話し方は、静かで丁寧で、アナウンサーのように正確無比なイントネーションでした。どうして兄が大阪弁交じりに話すのに、大阪に住んでいる妹が大阪弁で話さないんですか」

雫の説明を聞かされている間、ずっとなにかが引っかかっていた。でも、大阪弁で話さない電話相手を若槻の妹と言われたときにすべてがつながり、確信したのだ。

雫が嘘をついている、と。

「やっぱり若槻に妹はいない。電話の相手は、藍子ちゃん――央輔のカノジョですよね。雫さんは電話をする相手がいないから、番号を交換したばかりの藍子ちゃんにかけて、妹のふりをしてもらったんです。若槻には窓の外を見張らせておいて、俺たちが部屋に入ってくるタイミングで電話が終わったように見せかけた。

うまくやったつもりでしょうけど、方言のことを考えなかったのはミスでしたね。でも雫さんが目を覚ましてから俺たちが来るまでそんなに時間はなかったでしょうから、仕方ないですよ」

依然、氷の表情は動かない。しかしすみれ色のスカートの上に置かれた両手は、強く握りしめられていた。

「俺や鳥羽さんが睨んだとおり、若槻は最初から雫さんを狙っていた。桐島さんの祈禱の後は、俺じゃなくて雫さんを見ていた。俺たちの体格差を見ていたなんて、雫さんが言わせただけ」

雫の言ったとおりだったのは当然だ。「わたしたちの体格差が大きいから、おもしろかっただけじゃないですか」という雫の考えを流用したのだから。

「妹が存在しない以上、FaceReal は自作自演。『妹が巫女になりたい』という話も嘘。本条神社にデマを流して俺を足止めしたのも、若槻自身です」

これすらも雫は「若槻が大好きで暴走した妹の仕業」に見せかけようとした。あまりの徹底ぶりにあきれ果てて、「そこまでしますか」と言うしかなかった。

「なにかされた様子がないから、若槻が雫さんを狙っているというのは勘違いだと思いました。でも雫さんは、なにかされたことを若槻と一緒に隠そうとしたんですよね」

被害者が犯人と共謀して犯行を揉み消した——それが真相だ。

雫はスカートに置いた両手を握りしめたまま無言無表情を貫き、じっと俺を見上げている。俺は、頭にのぼった血を懸命に散らしながら言う。

「カフェから連れていかれたと知ったとき、本当に心配したんですよ。鳥羽さんだって、らしくなく冷静さを失っていた。本当はなにがあったのか、話してください」

「少し目を離した隙に、コップに即効性の睡眠薬を盛られたんです」

雫の声音が、一転して弱々しくなった。

まだ薬が残っているのに、無理して凛とした声を出していたんだ。

「若槻さんが、薬学の知識を悪用して用意した薬です。急速に意識が遠のきました。目が覚めたら知らない部屋にいて、目の前に若槻さんの顔がありました」

全身が熱くなった。まさか、ひどいことをされて、それをネタに脅され嘘を——。

「状況はわかりませんでしたが、咄嗟に若槻さんの腕を捻り上げ、床に組み伏せました」

……そういえば合気道をやってたんだよな、この子。

「組み伏せられた若槻さんは、わたしに近づくため嘘を重ねていたことも、薬を盛って連れ込んだことも認めました。内定をもらったという話も嘘。先々週、就活がうまくいかず鬱々としているときに八幡さまの摂社でわたしを見かけて、一目惚れしたそうです。恋愛パワースポットとして人気の場所だから、運命を感じたと言っていました」

「なら、どうして一緒になって嘘をついたんですか」

お姫さまだっこの桜のせいで……！　再び頭に血がのぼるのを感じながら問う。

「若槻さんが、泣いていたからです。暴行目的でわたしを拉致したけれど、とんでもないことをしてしまったと思って、どうしていいのかわからず、わたしを見ているだけだったそうです。ホテルではなく自分の部屋に連れ込んだのは、心のどこかで壮馬さんたちにとめてほしかったからかもしれません。充分反省しているようでしたし――」

「だから嘘をついて、あいつのやったことを隠蔽したんですか！」

荒々しい声になってしまう俺に、雫は静かに頷いた。

「就活がうまくいっていないのは、圧迫面接を受けたことも原因だそうです。かなりひどいことを言われてトラウマになり、面接の度に汗だくになって話せない。同情の余地はあります」

「だからって……」

「若槻さんは、二度とこんなことはしないと誓ってくれました。宮司さまにだけは事情を話して、カウンセラーを紹介してもらいます。本人が立ち直ろうとしてますし、ちゃんとカウンセリングを受ければ、女性に無理やりなにかするようなこともなくなるはず。そう判断したので、わたしを狙っていたことを隠すために、若槻さんの言動に辻褄が合う論理(ロジック)を考えて、急いで口裏合わせをして――」

「あいつのやろうとしたことは許せない。罰を与えないとだめだ！」

「神道で祀られる神さまの数は、どんどん増えています」

いきり立つ俺の身も心も鎮めるような穏やかな声音で、雫は唐突に脈絡のない話を始めた。

「神道における『八百万(やおよろず)の神』とは、神さまが八百万柱いるという意味ではなく、『多くの神々』という意味。神話の神さまや天寿を全(まっと)うした英雄だけではなく、怪物や、非業の死を遂げた人物も『神さま』として祀るから、そういう言い方をするようになった。菅原道真や平将門(たいらのまさかど)といった、死後この世に災いをもたらす御霊としておそれられた人たちも、怒りを鎮めるために祀られています。そしていまは、ご利益をくださる神さまとして親しまれている。それが壮馬さんには、亡くなった人を利用しているように見えるんですよね。

でもわたしは、そこに神道の懐の広さを感じるんです。災いをもたらす者を邪悪な存在として排除するのではなく、『みんなで仲よくしよう』と融和していく広さを——和の精神(こころ)を」

「だから若槻のことも許したい、と?」

大きな瞳で俺を見上げて、一片の躊躇(ちゅうちょ)も迷いもなく、眩しいくらい真っ直ぐに、雫は頷いた。

それでも。

俺には到底理解できない精神(こころ)だ。若槻のことも許せない。

「——そういうことなら、俺はもうなにも言いませんよ」

深く息を吐き出す俺に、雫が小さく一礼する。

その姿を見た途端だった。

「雫さんは、自分で心配するほど他人の気持ちがわからないわけじゃないと思いますよ」

口が衝動的に動き、俺はそう言っていた。雫が眉根を寄せる。

「唐突に脈絡のない話をしないでください」

「自分だって……いや、とにかく心配することはないですよ。だから波留さんの件だって解決できたし、今回だって、若槻が反省しているという気持ちがわかったんだから」

——おおきに、久遠さん。ほんま、おおきに。

目にうっすら涙を溜めて呟く若槻を思い出しながら言うと、雫は白々とした顔になった。

「若槻さんがわたしを狙っていることに、拉致されるまで気づかなかったじゃないですか。壮馬さんが、ちゃんと忠告してくれたのに」

「それはそれ、これはこれです。雫さんは、俺が信心ゼロになった理由が先輩にあることも察してくれた。誰にも言ったことがなかったのに。だから、充分ですよ。人の気持ちは複雑だから、いつも一〇〇パーセント理解することなんてできません」

口にしているうちに自覚した。もう認めてしまえ。


俺は、この子のことが好きだ。


相容れないと言われても構わない。頭の回転が速いくせに妙なところで抜けていて、同僚には無表情のくせに参拝者には徹底して愛嬌を振り撒き、氷のように冷え冷えと推理するくせに誰よりも優しいこの子の傍にいたい——。

ごまかしてきた反動で、感情が一気に噴き上がる。衝動を抑え切れず、雫を強く抱きしめた――ことだろう、なにもなければ。

「だめなんです」

バラに視線を戻し、雫は力強く言った。

氷のつぶてを浴びせられたように、噴き上がった感情が瞬時に冷え込む。

「どんなに複雑でも、人の気持ちはいつも一〇〇パーセント理解できなくてはいけません。でないと、取り返しのつかないことになる」

返事を考える間もなく、雫は立ち上がった。やはりまだ薬が残っているのだろう、足許がふらついている。慌てて支えようとした俺に、雫は淡い笑みを浮かべた。

「ちょっと歩いてきます。先にお帰りください」

参拝者に向ける愛嬌あふれる笑顔とも、俺たちに向ける氷の無表情とも違う、初めて見る雫の顔つきだった。一見、やわらかではある。

でも、これまでにないほどの、有無を言わせぬ圧倒的な拒絶感を放っていた。

なにも言えないでいるうちに、雫は背を向けた。小さな後ろ姿はイングリッシュローズの庭を出て、すぐに見えなくなる。

なんだろう。あの、かつて取り返しのつかないことを経験したとしか思えない言い方は。

追いつこうと思えば追いつけるのに、一歩も動くことができなかった。

第五帖 あなたの気持ちを知りたくて

1

神道は「穢れ」を避けることを大切にしている。

「穢れ」は日々の生活を営むうちに誰にでも付着する、埃（ほこり）のようなもの。それを払って心身を清めるため、半年に一度催される儀式が大祓式である。六月三十日には夏越大祓式が、十二月三十一日には年越大祓式（としこしのおおはらえしき）が催される。参拝者は、茅（ちがや）や藁を束ねてつくった「茅の輪（ちのわ）」をくぐることで穢れを払う。半紙を人の形に切った「人形（ひとがた）」を身体にこすりつけることで、穢れを移すこともできる。申し込みをすれば、神職にお祓いをしてもらって直接穢れを落とせる——。

以上、夏越大祓式が近づいて、俺が初めて得た知識である。信心ゼロなので、この儀式の存在価値がいまいちわからない。

そんな俺が、よりにもよって神社の娘で、巫女をやっている子を好きになるなんて。

今日の社務所の応接間は、襖をはずし、隣の部屋と一つにしていた。大祓式が終わったら、神さまにお供えした神饌や神酒（みき）を関係者一同で食する直会（なおらい）が行われるからだ。「神さまが飲食したものを人が口にすることで神人（しんじん）一体になる」という考えに由来する神事だが、現代では祭りの後の宴会の側面が強くなっている。

「ご覧よ、壮馬。雫ちゃんが、ものすごくかわいいよ」

この部屋で、兄貴は子どものようにはしゃぎ、俺の白衣の袖を引っ張っていた。言われなくてもわかっているが、赤面しそうで雫を直視できない。夏越大祓式のためにバイトで雇った巫女さんも、うっとりした顔をしている。

「ありがとうございます、宮司さま。うれしいです」

椅子に腰を下ろした雫は、にこりともしなかったものの、丁寧に一礼した。服装は、いつもの巫女装束ではない。

黒い立（たて）烏帽子を被って、袖が大きく、胴体部分が四角く見える上衣・水干（すいかん）を纏い、裾を引きずるほど長い緋袴を穿いている。普段の奉務中は一本に束ねている髪は下ろして、顔には白粉（おしろい）。

源神社の巫女舞「静の舞」を舞うための装束である。静御前は、いまの雫のような格好をした白拍子（しらびょうし）と呼ばれる舞手（まいて）だったらしい。

この一ヵ月ずっと稽古に励んできたが、いよいよ本番だ。

――巫女舞ってのは、普段は使わない筋肉を酷使するからね。私も経験したことがあるけど、雫ちゃんは地獄の筋肉痛に襲われている上に、疲労困憊（こんぱい）のはずだよ。

琴子さんはそう言っていたけれど、表面上、雫は平気な様子だ。ただ、ここ最近は参拝者向けの笑顔も、掃除をする手つきもぎこちないし、ぼんやりしていることも多い。日課の早朝ジョギングも休んでいる。見せないだけで、疲れが溜まっているのだろう。

――少しは弱いところを見せてくれればいいのにな。

はしゃぎ続ける兄貴を適当にいなしながら、雫にそっと目を遣る。化粧のせいで、いつもより大人びた美少女顔に、不意に、港の見える丘公園で目にした淡い笑みが重なった。

同時に。

――どんなに複雑でも、人の気持ちはいつも一〇〇パーセント理解できなくてはいけません。でないと、取り返しのつかないことになる。

そう口にしたときの、圧倒的な拒絶感も蘇る。

単なる一般論を口にしたのでは、あそこまでの迫力が漂うはずがない。やっぱり雫は、人の気持ちを理解できなかったことで、取り返しのつかないことを経験したとしか思えない。

なにがあったのか教えてほしい、と思う。でも、あの拒絶感ではとても訊けない。こんな状態では、俺の気持ちを伝えたところで振られるだけだ。

だから雫を好きだという気持ちを認めてからも、俺はなにもできないでいる。

もっとも、理由はそれだけではないが。

「なにか？」

雫の声で、いつの間にかまじまじと見つめてしまっていることに気づいた。

「その……きれいだな、と思いまして……髪が。黒くて。真っ直ぐで」

咄嗟に「きれい」と口にしてしまった直後に兄貴のにやにや笑いが視界に入り、急いで髪のことにする。バイトの巫女さんの冷やかすような視線も辛い。

「ふうん」

しどろもどろになる俺に、雫はそれだけ言った。

兄貴に「かわいい」と言われたときと、対応に差がありすぎる。

「それより、鳥羽さんはいらしてましたか？　今日は講義がないそうだから、何度もお誘いしたのですが」

「──さっき、境内で見かけました」

「鳥羽さんって誰？　カレシさんですか？　久遠さんのカレシさんなら、超イケメンなんでしょうね！」

「そういう関係ではありません」

盛り上がるバイトの巫女さんに応じる雫の声は、わずかに上ずっていた。

そう。一生懸命隠そうとしているが、この子は鳥羽さんのことが好きなんだ――。

いたたまれなくなって、窓の外に視線を逃がす。

今年は空梅雨で、曇りがちの空が続いているが雨は少ない。それでも窓の外では、アジサイが紫色の大輪をいくつも咲かせている。その向こうには、青々とした葉を茂らせた、幹の太い欅が数本。生命の息吹がありありと感じられる植物に塞がれ、ここから境内を直接見ることはできない。

それでも、大勢の人が集まっている気配は伝わってきた。


源神社の夏越大祓式は、午後三時から始まる。まずは衣冠を纏った兄貴が拝殿で、義経に祝詞を奏上する。次いで雫が「静の舞」を披露し、兄貴が参拝者に大祓詞を宣読。それから一人ずつ茅の輪をくぐる――というのがおおまかな流れだ。

予定どおりの時刻に開式すると、兄貴が祝詞を奏上し、拝殿を下りた。平日だからだろう、集まった参拝者は、いつものように若い女性の姿も散見されるが、全体的に年齢層は若干高めだ。二十代、三十代には外国人が多い。観光客に違いない。人いきれと、梅雨時の蒸した空気が合わさって、辺りの湿度が急速に高まっていく。

俺は参拝者が拝殿に上がらないよう、賽銭箱の脇にガードマンよろしく立っている。ただそれだけなのに、背中にじっとりと汗が滲んでいた。首を動かさずに参拝者を見回すと、団扇(うちわ)代わりに手を動かしたり、額をタオルで拭ったりしている人がちらほら見られる。

そこに雫が、俯きがちに、ゆっくりと姿を現した。

その瞬間、場の雰囲気が一変する。

曇り空のせいで沈んだ色をしていた境内が、雫の白い肌と緋袴を起点に、鮮やかな色彩に染め上げられていく。並行して、蒸した空気には清涼感が染み渡っていった。暑そうにしていた参拝者たちの手がとまる。

雫は俺の前を横切ると、拝殿の階段を一段一段踏みしめるように上っていった。そのままの歩調で義経が祀られた神棚の前まで行くと、両膝をついて深々と一礼する。

いまや境内は静まり返り、百人近い参拝者は緊張した面持ちでその様を見つめていた。

急速に張りつめていく空気。耳に痛いほどの静寂。

それは、突如鳴り響いた笛の音によって引き裂かれた。

横笛の和楽器、龍笛(りゅうてき)の音色だ。

この舞のために来てもらった奏者による演奏である。拝殿の柱の陰、参拝者たちからは見えない位置に身を潜め吹いている。源義経が幼名の牛若丸(うしわかまる)だったころ龍笛を吹いていたという伝承にちなみ、奏でられる楽器はこれ一つだけ。

和楽器らしい、高く長く、そしてやわらかく響く笛の音。それに合わせ、膝立ちになった雫が右手に握った金色の扇で、宙に大きく円を描いた。一周すると、肩を斜め四十五度に上げた状態で静止する。同時に、笛の音もとまった。一拍の間をおいて再び笛が鳴ると、扇を左手に持ち替え、同じように円を描いて静止。その体勢のまま、身体をくるりとこちらに回転させる。

大きな瞳で前を見据える顔立ちには、凛とした神気が漲っていた。その影響だろう、ただでさえ小柄な雫が両膝をついているのに、少しも小さく見えない。

いつも美少女ではあるけれど、いまはそれ以上に——凶暴なまでに美しく見えた。

息を呑んでいるうちに、雫は、膝立ちとは思えないほど滑らかに前進する。笛の音が段々と高く、速くなっていく。まず左膝を、次いで右膝を上げて立ち上がった雫は、くるりと右に回転する。そうしながら器用に閉じた扇を、胸の前で強く握りしめる。

源義経の死を知ったときの静御前は、こんな風だったのかもしれない——そんな錯覚を抱きそうになる、切なげな姿だった。表情は妖艶で、とても十七歳とは思えない。この場にいる人々は皆、固唾を呑んで、雫の一挙手一投足に目を奪われている。

鳥羽さんも、その一人だった。

参拝者の中ほどに立った鳥羽さんは、口を小さく開け、ほとんど瞬きすらしていない。

この人でも、こんな顔をするんだな。

雫が若槻に拉致されたときも、焦って、らしくない表情を見せていた。雫と話すときは心なしか表情がやわらかくなるし、敬語を使わなくなるし……ということは、鳥羽さんも雫を……年は離れているが、そうそうお目にかかれない美少女だし、頭はいいし、超絶無愛想ではあるけれど、根は優しくていい子だし……。

永遠とも思えるほどの時間が経った気がしたが、実際には、ほんの十分ほどだろう。この場から逃げ出したい衝動をなんとかこらえているうちに、笛の音がとまった。神棚の前に戻った雫が再び両膝をつき、額を畳につけて一礼する。

「静の舞」終了。

それは、参拝者たちにもわかっただろう。しかし、誰も拍手しないどころか、声一つ上げられない。雫の舞に見惚れて魂を抜かれてしまったような、あるいは、その神聖さに打ちのめされてしまったような。

俺がこれまで経験したことのない類いの沈黙が、境内を支配していた。

＊

夜の帳(とばり)が下り、源神社の境内は、夏越大祓式の賑わいが嘘のように静かだった。社務所から微かに漏れ聞こえる直会の喧騒が、却って静けさを際立たせている。初夏なので、虫の鳴き声もまだ少ない。

葉々のざわめきに鼓膜を揺さぶられながら、鳥羽真は階段を上っていた。

二ヵ月前、この先にある誉田別命が祀られた摂社で、鳥羽は久遠雫と出会った。

あのときは、自分があの少女にこんな感情を抱くとは想像だにしなかった。

彼女を目にした瞬間から萌芽はあったのだ。しかし、こうも強く、大きく、色濃くなる日が来ようとは。

右手を胸に当てた。内側が疼いている。彼女の巫女舞を見てから、ずっとこうだ。もはや一刻たりとも、この想いを抑えられそうにない。

早く会いたい――メモを握る右手に、自然、力がこもる。

階段を上り切った。ここまで来ると、直会の喧騒はほとんど聞こえない。相手は、まだ来ていないようだ。夕刻とは打って変わって肌寒い。ジャケットを着てきて正解だったと思いながら、鳥羽は周囲を見回す。

摂社の前に、電球が二つぶら下がっている。この空間を照らす、唯一の人工的な明かりだ。葉々の隙間から月明かりも射し込んではいるが、淡く弱々しい。

がさり、と音がした。

周囲を見回す。摂社の脇にそびえ立つ、ここが恋愛パワースポットとなる契機となった桜の木。

その陰に、誰かがいる。

シルエットの形状から、女性であることがわかった。ことり、と鳥羽の心臓が音を立てる。女性が木陰から歩み出る。月が、その姿を朧げに照らし出す。

背の高い女性だった。ベリーショートの黒髪。それと対をなすような白い肌。黒真珠を思わせる大きな双眸。形のよい唇に載ったやわらかな笑み。ああ、信じられないが、やはり……。

「戻ってきてくれたのか、桜」

その一言がこぼれ出た瞬間だった。

女性から笑みが消え、双眸が冷たくなった。頬は、みるみるうちに赤く染まっていく。

その様を見て、鳥羽は悟った。

目の前にいるのが、自分が思っていた女と別人であることを。

同時に、あの少女が、自分の思ったとおりの人物であったことを。

「『桜』と言いましたね。今度は言い逃れできませんよ」

凜とした眼差しで鳥羽を見据え、久遠雫は言った。

2

なにがなんだかわからない。

いまの俺の心境は、その一言で言い表せた。

直会が始まると、雫の姿が見えなくなった。どこに行ったんだろう、と思っているうちに戻ってきた雫は、なんと、長い黒髪をばっさり切っていたのだ。

髪が短くなったことで冗談のような美少女顔がくっきりと強調され、これはこれでかわいかった。どきりともした。

でも俺が髪をほめたばっかりなのに、なんでよりにもよって今日切るんだ？

愕然（がくぜん）とする俺に、雫は告げた。

「一緒に八幡さまの摂社に来てください。髪をこんな風にした理由は、そこで説明します。壮馬さんはわたしの鳥羽さんへの気持ちを誤解しているようだから、ちょうどいいです」

「誤解もなにも、雫さんは鳥羽さんのことが……好き、なんでしょう」

「それが誤解だというんです」

思い切って口にした言葉をぴしゃりとたたき落とされ、「とにかく来てください」と訳がわからないまま連れてこられ、隠れるように命じられたのだ。

雫に続いてお姫さまだっこの桜の木陰から歩み出た俺は、直会に参加していたので白衣白袴のままだ。

立ち尽くす鳥羽さんは、右手に紙片を握りしめている。あれは一体？

紙片を見つめる俺の横を通り、雫がお姫さまだっこの桜の傍に戻った。服装は、巫女舞を終えた後に着替えた巫女装束のままだ。袴の裾を持ち上げると、異様に底が厚いブーツが露になった。これで身長をごまかしていたのだ。ブーツを脱いだ雫は、木陰に隠していた草履に履き替えながら言う。

「あのメモには『今夜八時、思い出の場所で待っています　桜』と書かれています。バイトの巫女さんにお願いして、鳥羽さんのスラックスのポケットにこっそり入れてもらったんです」

鳥羽さんの話で盛り上がっていた彼女なら、雫の頼みを喜んで引き受けたことだろう。参拝者がたくさんいたので、巫女装束で近づいても鳥羽さんは気がつかなかったはず。

「鳥羽さんが『思い出の場所』という言葉だけでこの場所に現れたら、『桜』と親しかったことを示す傍証としては充分。でも決定的な証拠がほしい。だから髪を切ったわたしの姿を見せて、『桜』という名前を言わせることにしました」

「なんでそんなことを言わせたかったんですか。そもそも『桜』って?」

「わたしの姉の名前です」

「一人っ子だと、鳥羽さんに言ってたじゃないですか」

「桜の妹であることを隠すため、嘘をつきました。こういう事態に備えて、ここに奉職したときから『久遠』という母方の名字を名乗っていたんです」

雫の話を聞く鳥羽さんの表情は硬かった。草履を履いた雫は、俺の傍まで戻ってくると、緋袴の前で両手を重ね真っ直ぐ背筋を伸ばし、鳥羽さんを見据える。

「わたしは姉にあんなことをした人を見つけるため、横浜に来たんです。姉はいくら訊いても、あんなことをした相手を教えてくれませんでしたから。あなたがそうだったんですね、鳥羽さん。言い逃れはできませんよ。わたしを見て、確かに『桜』と言ったのですから」

二度繰り返された「あんなこと」という言葉。冷え冷えとした物言いから、それが決して許されないものであることは、嫌でも伝わってきた。

鳥羽さんは表情と同じ、感情が読み取れない声で雫に問う。

「いつから、私が桜さんの知り合いだと気づいていた?」

「ここで初めて会ったときからです。わたしを見たとき、鳥羽さんは『桜』と言いましたよね。花の『桜』のことだとごまかしたけど、人名と花の『桜』ではイントネーションが違います。嘘だとすぐわかりました。それに姉によると、ここはあんなことをした人との『思い出の場所』。わたしと姉を見間違えたけれど、疚しいことがあるから嘘をついたに違いない。さがしていた相手に、思いがけない形で会うことができた。興奮を抑えるのが大変でした」

——葉桜を背にしたあなたが、あまりに清楚でかわいらしかったものだから。

鳥羽さんにそう言われたとき、雫は頬を緋袴のように赤く染め、ぎくしゃくした笑みを浮かべた。鳥羽さんに一目惚れしたせいだと思っていたけれど、そうじゃなかった。

興奮していたからだったんだ。

雫は、鳥羽さんを前にする度に緊張した笑顔を浮かべていた理由も同じ。

その後、鳥羽さんのことを好きなわけじゃないんだ!

——俺にとってはうれしい事態なのに、それを喜ぶ気には全然なれないくらい、雫の小さな身体からは凍てついた空気が迸っている。

「でも鳥羽さんが、わたしがさがしている相手だという証拠はありません。確証が持てるまでは、疑っていることを内緒にしようと思いました」

「だから俺に、初めて『かわいい』と言われたから赤くなった、と嘘をついたんですね」

「はい。わたしは、姉とそっくりなんです。その姉が『かわいい』と言われていたのに、わたしが言われないはずありません。わたし単体なら話は別ですが、姉が美人なら、わたしも自動的に美人ということになります」

自動的にって……。じゃあ、姉が——桜さんがいなかったら、自分を美人だと思わないということか？　論理が破綻しているが、だからこそ余計に。

雫が、桜さんを大好きなのだということが、よくわかった。

こういうことだから、「容姿が美麗なだけのわたし」なんていう、高いのか低いのかわからない自己評価を下していたんだ。

「鳥羽さんは、なにかとわたしに話しかけてきました。姉のことをさぐろうとしているに違いないけど、姉と知り合いだとは一言も言わない。こちらも様子見で親しくしているうちに、『疚しいことがある』という確信はさらに強まりました。でも問い詰めたところで、とぼけられたらおしまいです。ケリをつけるために、罠をしかけました」

雫の左手が、ベリーショートになった黒髪に触れる。

「姉とわたしの違いは三つ。姉の方が、わたしよりずっと大人びていること、背が高いこと、髪が短いこと。この三つさえそろえれば、鳥羽さんはわたしと姉を見間違える可能性が高い。見間違えた鳥羽さんが、最初のときと同じように『桜』と言えば、姉と知り合いである決定的な証拠になる。でも、いきなり姉に似せた姿を見せても騙せるとはかぎらない。だから宮司さまにお願いして、『静の舞』を舞わせてもらったんです。妖艶な舞を見せれば、姉への想いが高まるはず。それから『思い出の場所』である、ここに呼び出すことにしました」

雫の舞を見ていたときの、鳥羽さんの顔を思い出す。口を小さく開け、ほとんど瞬きすらしなかった、この人らしくない顔。

鳥羽さんは、雫と桜さんの姿が重なった上に、雫が巫女舞によってつくり出す神聖な雰囲気に、身も心も支配された。疚しいことがあるのなら、罪悪感もさぞ刺激されたことだろう。それが「思い出の場所」での、姉妹の見間違いを招いた。

でも、そのために髪を……あんなにきれいだったのに……。

雫が、ほんの少し俯く。

「本来、巫女舞は神さまに捧げるもの。私怨に利用してはいけません。でも、姉の大学の友だちに連絡を取っても、鳥羽さんの講義を姉が受けていたことがわかったくらいだったんです。藍子さんにも、姉の友だちだとわかってから協力してもらいましたけど、やっぱり手がかりは見つからなかった」

「藍子さんって、央輔のカノジョですよね。あの二人は知ってたんですか?」

驚いて訊ねる俺に、雫は頷いた。

藍子ちゃんは、鳥羽さんが去年まで勤務していた神奈川女学院に通っている。桜さんと面識もあったのだ。だから赤レンガ倉庫で雫を見たとき、あまりにそっくりで驚いた顔をした。他人とは思えなくて、央輔と一緒に源神社を訪ねてきた。雫は藍子ちゃんたちに事情を打ち明け、俺にはいいとして、スマホの番号を訊かれたと嘘をついたんだ。

藍子ちゃんはいいとして、央輔め。藍子ちゃんと二人で雫と話したとき困惑した面持ちだったのは、雫に姉の存在を内緒にするよう言いくるめられたからだったんだな。いくらかわいいからって、俺との友情より雫の頼みを優先するとは……。

鳥羽さんが、乾いた笑い声を上げた。

「久遠さんは、姉との違いは三つだと言ったけれど、もう一つ加えてほしい。彼女は、こんな罠をしかけるような人じゃないよ」

桜さんのことを知っていると認める言葉だった。俺の傍らで、雫が小さく息をつく。

「そうですね。姉はおっとりしていて、たまに神社を手伝うだけなのに、いつも参拝者さんを和ませていました。わたしも姉のようになりたかったけれど、とても真似できない。せめて笑顔を似せたくて、愛嬌を振り撒く努力を始めたんです」

「愛嬌を振り撒くのは巫女の務め」。その発想の原点は、桜さんにあったのか。

その桜さんと知り合いであることを、鳥羽さんは頑なに隠していた……。

「鳥羽さんは、一体なにをしたんですか」

問いかける俺の声は、かすれていた。鳥羽さんが口を開く前に、雫が答える。

「恋人だった姉を捨てたんです」

「そんな人じゃないでしょう！」

「――確かに私は、そう言われても仕方がないことをした」

耳を疑った。いつも紳士的で、自分自身が奥さんに逃げられた鳥羽さんが？

俺の困惑をよそに、雫は前に進み出た。身長一五〇センチ前後の小さな体軀で、自分よりずっと背が高い鳥羽さんに臆することなく対峙する。

巫女舞のときは静御前のように可憐で儚げに見えた少女が、いまは戦に挑む、美しくも勇壮な源義経を思わせた。その威厳に圧されながらもなにか言おうとした俺だったが、口が動かないことに気づく。口だけじゃない、手も足もだ。

金縛り、というやつに遭っていた。

「ほかにどう言いようがあるんですか。あなたは、姉とつき合っていたのでしょう。波留さんが中華街で目撃した、わたしと似た雰囲気の女性というのは姉ですよね」

「そうだ。私は、君が桜さんの親族だろうと踏んでいた。他人の空似では済まないほど、そっくりだからね。波留がこの話を持ち出したときは、思わず遮ってしまった」

波留さんは、鳥羽さんが中華街で女子大生らしい子と歩いているところを見たと言っていた。「あの女子大生はとっくに捨てて」と決めつける波留さんを、鳥羽さんはらしくない命令口調で遮った。そして雫の瞳は小刻みに揺れていた。

あの瞬間、鳥羽さんは、桜さんの話を避けようとした。

同じ瞬間、雫は、鳥羽さんと一緒にいた相手が桜さんだと確信した。

俺と波留さんが気づかないところで、そんな思いが交錯していたんだ。

「当時の私は、息子を亡くして一年しか経っていない上に、波留に去られ孤独だった。それを支えてくれたのが桜さんだ。自分では隠しているつもりだったが、彼女は私のことを『とてもさみしそうで、辛そう』と心配し、支えてくれた。そんな彼女があまりに魅力的で、急激に惹かれてね。でも波留に中華街で見かけられたときは、まだつき合っていなかった。告白したのは離婚が成立した後、六月に入ってからだよ。この場所に二人で来たとき、葉桜をバックにした彼女を見ているうちに、自分の気持ちが抑えられなくなった」

一年前、ここで？　俺は現実感を持てなかったが、雫は「そう聞いています」と頷いた。

「姉は、よほどうれしかったのでしょう。告白された『思い出の場所』だと、ここのことだけは教えてくれました。姉が鳥羽さんにお返事したとき、ほかの参拝者が来たそうですね。その後で『この桜の傍でカップルが誕生したらしい』という噂が広まった、と笑っていましたよ」

ここが恋愛パワースポットになったきっかけは、鳥羽さんと桜さん——。

だから雫は、時折、切なげに目を細めていたのか！

「私にとっても、ここは桜さんとの思い出が詰まった大切な場所だよ。葉太のためだけじゃない、それもあって、足を運んでいたんだ。『思い出の場所』と書かれたメモを見たときは、ここのことだとすぐにわかった」

「でも結局、姉を捨てたのですよね」

冷え切った鞭(むち)で打つように雫。口を開きかけた鳥羽さんだったが、一旦口を閉ざすと、力なく首を横に振ってから話し出す。

「信じてもらえないかもしれないが、私は別れるつもりはなかった。横浜大学にヘッドハンティングされたときは、桜さんと歩む新しい人生に胸を躍らせてもいた。でも去年の八月——夏季休暇に入ってすぐ、彼女から言われたんだ。

『先生との関係が、実家の両親に知られてしまいました。氏子さんに示しがつかないと、ものすごく怒っています。先生と別れて、大学をやめるように言われました。もう二度と連絡してこないでください。それが先生と私、二人のためです』

彼女のことを考えれば、言うとおりにするしかなかった。とはいえ、責任はすべて私にある。捨てたと言われても仕方がない」

「それが先生の言い分ですか」

雫は白々と言った。弱々しく頷いた鳥羽さんは、疲れの滲んだ眼差しで雫を見つめる。

「君を初めて見たとき、桜さんとあまりにそっくりで驚いたよ。名字が違っても、一人っ子だと言われても、どうしても妹としか思えなかった。実家の神社の名前を訊ねたとき、はぐらかされたことも引っかかった。桜さんも札幌の出身で、神社の娘だと言っていたしね。だから何度もここに参拝して、さぐりを入れていた。

直接的な質問をぶつけようと、何度思ったかわからない。でも君の方でも、私と桜さんの関係をさぐっているようだった。狙いがわからず、どうしても質問できなかった。君が若槻くんに拉致されたときは、桜さんがさらわれたような気がして冷静ではいられなかった」

雫同様、鳥羽さんにも恋愛感情なんてなかった。そう見えなかっただけで、桜さんを巡って、互いに相手の出方をうかがっていたんだ。

「ただ、若槻くんの一件で私は、君が桜さんの妹だと確信したよ。君と坂本さんが帰った後、なにかおかしいと思って若槻くんを問い詰めたんだ。彼を庇って、嘘の推理をでっち上げたそうだね。そういう優しさは、私の孤独を察してくれた桜さんに通じるものがある」

「わたしが妹だと確信したのに、素知らぬ顔をしていたのですか」

「巫女舞の稽古を一生懸命している君の邪魔をしたくなかったから、夏越大祓式が終わったら話すつもりだった。この状況は予期せぬものではあるが、ちょうどよかったとも言える」

鳥羽さんが、雫の目の前まで歩いてくる。

「桜さんになにがあった？　妹であることを隠して、こんな罠までしかけたんだ。よほどのことがあったんだよね。彼女が私に二度と会いたくないのはわかるが、どうか会わせてほしい」

問いかける鳥羽さんの声は、微かに震えていた。本当はずっと前から、この質問をしたかったに違いない。でも、こわくてできなかったんだ。

対照的に雫は、抑揚のない声で言う。

「会えませんよ、死にましたから」

強い風が吹いた。桜の枝が大きくしなり、がさがさと葉がざわめく。この場から走り去りたくなるような、不安を掻き立てる音が頭上から降り積もる。

だからこそ余計に、風が収まった後の静寂が鼓膜に染み込んできた。

「……死んだ？」

鳥羽さんの声は、立っているのが不思議に思えるほど惚(ほう)けていた。

「厳密に言えば、自殺です。今年の一月、札幌の豊平川(とよひらがわ)にかかる二条橋(にじょうばし)から飛び降りました」

自殺。

その一言は、ほとんど物質的な重みを伴って、俺に衝撃を与えた。雫の姉というだけで、直接の面識がない俺ですらこうなのだ。

鳥羽さんが受けたショックは、どれほどか。

「どうして……彼女がそんなことをするなんて……」

「流産のショックが大きかったようですね」

かすれ声で呟く鳥羽さんに追い討ちをかけるように、雫は「流産」という言葉に力を込めた。

「流産？　彼女は妊娠していたのか？　私の子を？」

鋭い双眸を見開く鳥羽さんに、雫は冷たく言い放つ。

「姉から別れを切り出されたなんて嘘。妊娠を知ったあなたが、姉を捨てたのでしょう」

3

ほかの道をさがすために、大学をやめたい。

札幌の両親は、桜のその言葉を信じて退学を許した。もともと両親は「おっとりした桜には、神社とは関係のない、好きな人生を歩ませてやろう」という方針だったのだ。

しかし帰ってきた桜から妊娠を打ち明けられたときは、さすがに激怒した。しかも、いくら問い詰めても、桜は相手の男がどこの誰か語ろうとしない。どんな関係だったのかも、妊娠のことを知らせたのかも、とにかく相手に関する情報は頑なに口を閉ざす。堕ろすよう説得しても、強要しても、宥めすかしても「どうしても産みたい」の一点張り。

両親は、思いがけない桜の強情さに面食らった。これ以上の無理強いは無意味だ。が、由緒正しい神社の娘が、どこの誰かわからない男の子どもを妊娠したとなっては世間体が悪すぎる。

悩んだ両親は「実家から離れたマンションで暮らすこと。誰とも連絡を取らず、必要なとき以外は外出を避けること」を条件に、出産を認めた。桜はそれを受け入れた。生活費を出してもらえることと、口の堅い氏子を一人世話役につけてくれたことに、感謝すらしていた。

桜の引っ越しが済むと、それきり両親は、桜の話をしなくなった。世話は氏子に任せきりで、訪問することもほとんどなかった。雫にも、姉の家に行かないよう厳命した。

雫は猛反発した。しかし聞く耳を持ってもらえない。そのせいでさらに反発した雫は、命令を公然と無視して、頻繁に桜のもとを訪れた。

桜は孤独だった。つわりがひどく、入院することすらあった。体面を気にする父は見舞いに行くことはなく、母も人目を忍んでたまに病室を訪れるだけ。

——どうして、そこまでして産みたいの？

病院のベッドに、心細く、辛そうに横たわる桜に、雫はそう訊ねたことがある。返ってきた答えは、シンプルだった。

——本当に好きな人の子どもだから。

青白い顔をしながらも微笑む姉の顔が、雫の目には神々しくすら見えた。

姉がそこまで言うのなら応援しよう、と思った。両親だって、孫の顔を見れば桜を許すに違いない。姉のお腹を撫でながら、「無事に生まれてきてね」と何度も呼びかけた。

それから雫は、ますます足繁く姉のもとを訪れるようになった。安産祈願のお守りを渡し、実家を含むいくつもの神社にお参りして、神さまに姉の安産を祈った。

なのに、流産した。

その一ヵ月半後。一月になって間もなく、雪の降りしきる夜に。

桜は、二条橋から飛び降りた。

＊

「通りかかった人が、姉は欄干から身を乗り出した二、三秒後に落ちたと証言しました。警察の見解は事故か自殺かで分かれましたが、遺書がなかったので事故と判断されたんです。刑事さんは『川を覗き込んでいるときにバランスを崩したのだろう』と言っていました。

でも雪の降る夜に、身を乗り出してまで川を覗くでしょうか。それに姉は、運動神経がよかった。そう簡単にバランスを崩すはずがない。衝動的に飛び降りたとしか思えない。わたしはそう主張したけれど、取り合ってもらえませんでした。両親も、警察の判断に従いました。自殺よりは事故の方が、世間体がいいと思ったのでしょう」

鳥羽さんは、目を見開いたまま動かない。顔色がますます蒼白になったように見えるのは、夜が深くなったからだけでは決してない。

「両親は、姉のことを愛していなかったわけではありません。流産してからは、心配して実家に呼び戻し、面倒を見ていました。でも姉は、思いのほか明るかったんです。『あの子の分までがんばって生きる。心配しなくていい』と、弱々しくではあったけど、ちゃんと笑ってくれたんです。なのに、まさか自分で命を絶つなんて」

桜さんのことを語る雫は、いつもどおり、氷のように冷え冷えとした声音ではあった。でも、時折、声が震え、大きく裏返っている。揺らめく瞳は、風に曝された水面のようだ。

――自殺なんてしてはいけないんです……絶対。

三月。阿波野神社の社殿で雫がそう口にしたとき、瞳が揺らめいて見えたのは気のせいではなかった。

初宮参りのとき赤ちゃんに向けられた、あたたかで、愛おしそうな眼差し。あの裏に秘められていたのは、生まれてこなかった姉の子どもへの想い。

雫が秘めていた感情を目の当たりにして、俺の金縛りは一層強くなる。

鳥羽さんは、目を見開いたままよろめいた。玉砂利を踏む乱れた足音を残し、鳥居に倒れ込むように背を預ける。桜の枝と葉がつくり出す影に染まり、全身が黒いシルエットと化した。

「……そうか。桜は、もういないのか」

ごく自然に、鳥羽さんは「桜」と呼び捨てにした。顔を上に向ける。

数ヵ月前まで咲き誇っていた桜の花を、さがし求めるかのように。

「——まさか、妊娠したなんて。だから俺の前から姿を消したのか。離婚が成立する前に関係を持ったと疑われたら、波留の父親の逆鱗(げきりん)に触れて、俺の立場が危うくなると心配して。そんなこと、気にしなくてよかったのに……」

鳥羽さんの顔は見えないが、波留さんに「君のために、無理をしていただけだよ」と告げたときと同じ——いや、それ以上に辛そうな顔をしているのではないかと思う。たとえ金縛りに遭っていなくても、俺にはなにも言えなかった。

「あなたは、姉の妊娠を知っていたのでしょう」

しかし雫は、冷然と言った。鳥羽さんのシルエットが、力なく首を横に振る。

「君がなぜそう思うのかはわからないが、本当に知らなかった」

「では、これはなんでしょう?」

雫が白衣の袖から取り出したのは、波線が描かれた、安産祈願のお守りだった。源神社の授与所で授けられている品だ。薄闇の中でも、随分とくたびれ、汚れていることがわかる。

これと同じものを、どこかで見たような?

「姉が持っていた、安産祈願のお守りです。遺品から見つけました」

阿波野神社の騒動の後、熱を出して寝込んだ雫が持っていたお守りか。妊婦でもないこの子が持っているのは妙だと思ったが、桜さんのものだったのか。

雫が、俺の方を見遣る。

「わたしが寝込んだとき、これを持っているのを見られていたようですね」

独り言のように言ってから、再び鳥羽さんに顔を向ける。

「神社によっては、固有のお守りを参拝者に授けています。このデザインのお守りは、源神社にしかない。通販もしていないから、札幌に戻った姉が手に入れることはできません。それに姉は、わたしが安産祈願のお守りをあげたとき、『神社の娘なのに、安産祈願のお守りを持っていなかった』と言ったんです。札幌に戻る前に、自分で買ったものではない。どなたかから、いただいたとしか考えられません」

雫は、一つ息をつく。

「姉は軟禁状態で、誰とも連絡を取っていませんでした。安産祈願のお守りは、たまたま持っていた人から譲られるようなものでもない。通っていた病院の関係者も知らないということでした。結局、誰からもらったのかわかりませんでしたが、当然その『誰か』は、姉の妊娠を知っていたことになります。ならば『誰か』は、お腹の子の父親である可能性が高い。姉は、どんな事情があって一人で産むことにしたのか語りませんでしたが、相手に妊娠のことを伝えていたとしても不思議はない。その人が、こっそりお守りを贈った」

札幌では簡単に手に入らない、横浜の神社のお守り。それを渡した相手に心当たりがなければ、雫がその可能性を検討するのは妥当だろう。

「妊娠を教えていたなら、流産したときも連絡したはず。でも、その人が姉になにかした形跡はありません。少しでも優しい言葉をかけてくれていれば、姉は死ななかったかもしれないのに」

こんな風に推測するのも、無理からぬ話だ。

「だからわたしは両親の反対を押し切って、源神社に奉職したんです。恋愛パワースポットで告白して、安産祈願のお守りを受け、姉に贈った人物を見つけるために」

……………。

……………。

え？

「見つけて、姉を捨てたことを認めさせて、姉の霊前に連れていって、謝罪させる。それが、わたしの目的でした」

金縛りが解けた。

「ちょ……ちょっと待ってください。源神社は観光名所だし、そのお守りは人気の品なんですよ。それだけの手がかりで——」

「それしかお姉ちゃんにできることがない！」

俺を振り向いて叫んだ雫に、思わず口を閉ざしてしまう。

雫がこんなに大きな声を出したのも、俺に敬語を使わなかったのも、初めてだ。

「わたしがもっとしっかりしていれば、お姉ちゃんは死ななかった。わたしは、お姉ちゃんの気持ちがわかってなかったの！」

最後の一言が、鼓膜に大きく反響した。

この子は、姉の自殺をとめられなかった自分を責めている。自分のせいで姉が死んだとすら思っている。

これが、雫が経験した「取り返しのつかないこと」か。

——どんなに複雑でも、人の気持ちはいつも一〇〇パーセント理解できなくてはいけません。

あの言葉の裏にあった悔恨。

鳥羽さんを前にすると赤くなったり、ぎこちない笑顔を浮かべたりしていたのは、興奮のせいじゃない。もっと深く激しく、苦しい感情のせい——。

央輔が俺との友情より雫の頼みを優先したのも、雫がかわいいからじゃない。雫の執念じみた思いを感じ取ったからだったんだろう。

雫は、いまにも涙がこぼれ落ちそうな瞳で俺を見据えていたが、唇をきつく嚙みしめると、鳥羽さんに顔を戻した。紐を握りしめてお守りをぶら下げ、突きつけるように左腕を伸ばす。

「いかがですか、鳥羽さん。姉にこのお守りを贈ったのは、あなた。本当は、姉の妊娠を知っていたのではありませんか。でも保身から、自分のことは話さないよう念押しして姉と別れたのではありませんか。流産の連絡も受けていたのではありませんか」

雫の言葉を聞いているうちに、波留さんに関する謎を解いているときのことが蘇ってきた。

雫は鳥羽さんに「葉太くん以外にお子さんがいるのなら、話は変わりますが」と訊ねた。「私の子どもは葉太一人」と強い想いをこめて答える鳥羽さんに、雫は「思ったとおりです」と、推理が当たっていたにもかかわらず、絶対零度の表情で頷いた。

少しはうれしそうにするとか、得意げになるとか、感情を見せればいいのにと思ったが、姉の子を「私の子ども」と認めてもらえなかった怒りとかなしみに耐えていたのなら無理もない。

でも。

鳥羽さんが、鳥居から背を離した。木陰から抜け出て、全身が月明かりに淡く照らされる。その表情が見えるようになった途端、鳥肌が立つ。

鳥羽さんの顔色は先ほどよりもますます青白くなり、鋭い両目は充血していた。目の下にはくまが刻まれ、頬が瘦けたようにすら見える。しかし、鳥肌の理由はそれではない。

これだけ憔悴し切っているのに、表情が鉄仮面に戻っていたからだ。

「違うよ」

鳥羽さんは、鉄仮面にふさわしい静かな声で言う。

「妊娠も流産も、いま初めて知った。そのお守りにも、心当たりがない」

「嘘をつかないでください。認めて、姉の霊前で謝ってください」

「もちろんそうしたいが、身に覚えのないことに関しては謝れない」

「そんなの……鳥羽さんしかいないのに……。鳥羽さんが姉とどんな話をしたのか証言してくれれば、自殺だったという真実が証明されるんです……」

薄い肩を震わせ懇願する雫は、いつもの冷静沈着な巫女ではなかった。十七歳とは思えないほど幼く、弱々しい。先ほど源義経のように思えた姿が嘘のようだ。

「そのお守りを誰が渡したのか、私にもわからない。一緒にさがそう。桜に――桜さんについて、我々の知らないことを知っているかもしれない」

「そうやって、自分のしたことを隠すつもりなんでしょう。騙されませんよ。だって、お姉ちゃんのためには……赤ちゃんのためには……あなたに謝らせるしか……」

鉄仮面の眉間に、辛そうにしわが寄る。俺も同じ表情をしていることは、鏡を見なくてもわかった。

雫は「桜さんの死」という牢獄に囚われている。「お姉ちゃんを救えなかったから、なにかしなくてはならない」という強迫観念につぶされ、思考停止に陥っている。

「安産祈願のお守りを渡したのはお腹の子の父親」という推理は可能性の一つであって、確定では全然ない。なのに無為無策のまま一人で横浜に来て、鳥羽さんがお守りを渡したと決めつけて、必死に巫女舞の稽古をして、髪まで切るなんて。

こんな激情を隠して、参拝者に愛嬌を振り撒いたり、謎解きしたりしていたのか。

——冷静なんですね。

——そうでもありませんが。

いつだか交わした会話のとおり。

全然冷静じゃなかったんだな、雫——。

「お願いです……お姉ちゃんに謝って……それしか……それしか、わたしには……」

譫言のように繰り返す雫は、壊れかけている。大きく開かれた双眸は光がなく虚ろで、唇は紫に変色していた。痛ましくて目を逸らすと、鳥羽さんと目が合った。

——久遠さんを、なんとかしてあげられませんか。

鋭い眼差しは、そう訴えかけている。

でも、俺になにができるというんだ？　ただの雑用係にすぎない、この俺に。どんな言葉をかけたところで、雫の心には届かないだろう。

このままなす術もなく、雫が壊れていくのを見ているしかない……っ！

奥歯を噛みしめたそのとき、雫が握りしめたお守りが視界に入った。出所不明のあのお守りが、雫をここに導き、壊そうと——いや。

あれは……まさか……？

叫び出すのを懸命にこらえ、火を噴き出しそうなほど懸命に、頭を回転させた。

そんな偶然が……信じられないけれど……でも……。

結論が出ても、少しの間、考えた。

でも、雫のためだから。この子のことが好きだから。

俺は、心を決めた。

「雫さんは、間違ってますよ」

鳥羽さんに突きつけたままの雫の左手を、両手で包む。小さな手は、硬く、冷え切っていた。

雫が潤んだ両目で、きっ、と睨み上げてくる。

「なにがよ?」

「このお守りを桜さんに渡したのは、鳥羽さんじゃありません」

「どうして言い切れるの?」

「だって渡したのは、俺ですから」

雫の口がぽかんと開いた。

俺は、雫の左手を強く握りしめて繰り返す。

「このお守りを桜さんに渡したのは、俺です」

「……どうして壮馬さんが、札幌にいるお姉ちゃんにお守りを渡せるのよ?」

「俺は去年の夏、自分さがしの旅で北国に行ったんです。札幌にも寄りましたよ」

「旅行に、安産祈願のお守りなんて持っていかないでしょう」

「宮司に頼まれたんです。ご利益を広げるいい機会だから『旅先で出会った人たちに授けてきてよ』と、俺に源神社のお守りを全種類渡してきました。俺はそれを額面どおりに受け取って、出会った人たちに無料で渡してしまいましたが。中には安産祈願のお守りもあって、妊婦さんに渡したこともありました」

源神社の安産祈願のお守りは、高齢出産した芸能人が持っていたことから話題になった。兄貴としては、一番授けてきてほしいお守りだっただろう。言われなくてもそれがわかったから、俺はこのお守りを優先して渡してきた。

　雫の瞳が、ぎこちなくお守りに向けられる。

「桜さんにも渡したんです。それが、このお守りだ。雫さんを初めて見たとき、誰かに似ている気がしました。誰か思い出せなかったけど、桜さんだったんですよ」

　雫と桜さんは、そっくり。恋人だった鳥羽さんが、見間違えるほど。

　その桜さんと会っていたから、俺は雫が、アイドルか女優かわからないが、とにかく誰かに似ている気がしたのだ。

　自分の左手を見つめたまま凍りついたように微動だにしない雫に、俺は続ける。

「桜さんとは、病院の前で会いました。迎えの車が渋滞に巻き込まれて、一人で待っている最中だったそうです。つわりがひどいのか、駐車場の隅にうずくまって気持ち悪そうにしていたので、お守りをあげました。それから、少し話をしたんです」

「話って、なにを……？」

桜さんにお守りを渡したときのことが、脳裏に浮かんだ。

北国とは思えないくらい、残暑の厳しい日だった。アスファルトに照り返された陽光が揺らめく中、病棟がつくった影の中でうずくまり、口許を押さえた華奢な女性。一声かけてから、安産祈願のお守りを差し出した俺。そして、その後――。

唾を呑み込んでから、俺は答える。

「自分が子どもを産めないかもしれない、という話です」

息を呑む雫に、可能なかぎり穏やかな声を出して続ける。

「つわりがひどくて弱気になっているのかと思ったけど、予感じみたものがあったのかもしれません。詳しい事情は聞きませんでしたが、シングルマザーで、ご両親とうまくいっていないことも伝わってきました。当時の俺は、自分さがしの最中でしたからね。たった一人で、どうしてそこまでして産みたいのか知りたくなった。それを察してくれたらしく、桜さんはこう言って笑ったんです。

『本当に好きな人の子どもだから。もし産めなかったとしても、後悔はしない』と」

「お姉ちゃんが、そんなことを……？」

「桜さんは、こうも言っていました。

『自分で選んだ道だから、どういう結果になっても受け入れる。もし無事に生まれなかったら、この子の分まで一生懸命生きていく』

桜さんはおっとりしていたそうですが、俺には、芯の強そうな女性に見えました。眩しかったですよ。俺と違って、自分が選んだ道に自信を持っていたから」

見開かれた雫の瞳が、さらに揺らめく。鼓動の加速を胸と耳で感じながら、俺は決定的な一言を告げた。

「そんな人が、自殺するはずない」

「でも、雪の降る夜に川を覗き込むなんて……運動神経もいいから落ちるはずが……」

「雪明かりに照らされた水面がきれいだったんでしょう。それに運動神経がよくても、妊娠と流産で体力が落ちていたはず。警察の言うとおり、事故だったんです。雫さんは自分を責めて冷静さを失い、真相を見誤ったんですよ」

鳥羽さんに突きつけた左手から、力が抜けていく。俺が手を放すと、雫の左腕はだらりと下がった。見開かれたままの瞳から、とうとう涙がこぼれ落ちる。

ぽろぽろという音が聞こえてきそうなほど大きな滴（しずく）が、頬を伝っていった。

「お姉ちゃん――」

雫は身体の内側から絞り出すように呟くと、両手の袖を目許に当てた。

「……失礼しました、壮馬さん」

袖の向こうから、か細い声が漏れ聞こえる。

「さっき、敬語を使わずに話してしまいました。わたしは、壮馬さんの教育係なのに。敬語を使うように注意したのに」

「『回想を語るときは、敬語を使わなくてもいいことにします』。前に雫さんが、そう言ってたじゃないですか。桜さんの話なんだから、回想みたいなものですよ」

雫は答えない。声を殺して泣いているのだろう。こうして見ると、本当にただの女の子――。

「そうでしたね」

俺の感慨をぶった切るような感情のない声で言って、雫は両手を下ろした。

少し目が赤いことと、髪型がベリーショートになったことを除けば、いつもの久遠雫だ。

露になった顔は、冷え冷えとしている。

「よかった」という安堵と、「なんで?」という戸惑いと。両方の感情が浮かんでいるうちに、雫は氷塊の瞳で俺を見据えた。

「壮馬さんは、わたしがこのお守りを持っているのを見たんですよね。あのとき、自分が姉にあげたものだと気づくべきだったんです。そうしたら、わたしは勘違いせずに済んだのに」

「無茶言うなよ。何人に渡したと思ってるんだ？」

「敬語を使ってください」

「……すみません」

雫の瞳がさらに冷たくなった気がして、おとなしく謝った。

雫は「わかればいいんです」と言わんばかりにちょっと顎を上げると、鳥羽さんの前まで歩み寄り、深々と頭を下げた。

「一方的に誤解して、ご迷惑をおかけしました。本当に申し訳ありません」

「顔を上げてほしい。私が桜さんの人生を変えてしまった事実は消えないのだから。ご両親にも説明にうかがいたい。桜さんの墓参りもさせてほしい」

頭を下げ返した鳥羽さんは、俺を見ると、普段とは別人のようにやわらかく微笑んだ。

隠そうとしても隠し切れないかなしみを、滲ませながら。

気恥ずかしくなった俺は、わざとらしく頭の後ろで手を組み、敢えて軽い調子で言う。

「確かに、もっと早く桜さんのことに気づけばよかったですね。そうしたら雫さんは、髪を切らずに済んだのに」

「切ってませんよ」

は？

「せっかく伸ばしてるのにもったいないから、切らなかったんです」

雫はお姫さまだっこの桜の傍まで行くと、ベリーショートの黒髪を引っ張った。

黒髪が——いや、ウイッグがはずれる。中に包まれていた髪がふわりと広がりながら、腰まで落ちた。

雫は、厚底ブーツの上にウイッグを置いてから振り返る。

「お騒がせしました」

俺だけでなく鳥羽さんにも頬を赤らめず、氷のように冷え切った声音で、雫は言った。

こっちの気も知らないで……っ！

でも、お姫さまだっこの桜をバックに、月光を含んで蒼みがかった黒髪を見ていると、ちょっとほっとした。

4

翌日の午後。

俺は社務所の応接間で、兄貴と昼休みを取っていた。今日は夏越大祓式の反動のように、静かな一日だ。座卓を囲む俺たちの雰囲気も、どこか緩んでいる。

「全部、雫ちゃんから聞いたよ。お疲れさまだったね、壮馬。雫ちゃんは『壮馬さんにも、鳥羽さんにもご迷惑をおかけしました』と恐縮していたよ。鳥羽さんにとってはかなしい知らせになってしまったけど、一応は区切りがついたんじゃないかな」

琴子さんお手製のおにぎりを食べながら、兄貴はにこやかに言う。雫の話に驚いている様子はまったくない。

「兄貴は事情を把握して、雫さんを預かってたんだな」

俺は、天井に目を遣りながら言葉を返す。

雫はいま、自分の部屋で、札幌の両親に電話中だ。事の顚末(てんまつ)を報告した上で、実家に帰る手筈を整えるらしい。

「僕も琴子さんも、だいたいのことは雫ちゃんのお父さんから聞いていたよ。『娘は〝姉のため〟という妄執(もうしゅう)に囚われてしまっている。気の済むまで置いてやってほしい』と頼まれたんだ。雫ちゃんが鳥羽さんに会ってからは、彼に目をつけていることも薄々察していた」

「だったら、もっと心配しろよ」

「壮馬が傍にいれば、雫ちゃんの暴走をとめてくれると信じていた。だから不釣り合いなのは百も承知で、くっつけようとしているふりをしたんだよ」

「そういうことは、もっとすまなそうな顔をして言ってくれ」

「壮馬はああいう子を放っておけないから、悪い気はしないだろう？」

悪びれずに微笑む兄貴に、苦笑するしかない。

「俺は兄貴の掌の上で動いてたってわけか」

「そんなことない。壮馬は予想以上にがんばってくれた。こんなに迅速かつ完璧に、雫ちゃんを桜さんの呪縛から解き放ってくれるとは思わなかったよ。我が弟ながら、すばらしい」

「ほめられるようなことはしてない。たまたま桜さんと会って、話し込んだだけなんだから」

「それ、嘘でしょ」

湯飲みに伸ばしかけた手がとまった。兄貴を見遣る。整った細面には、にこやかな笑みが浮かんでいる。

でも双眸は、抜き身の日本刀のように鋭くなっていた。

「嘘じゃない。俺は本当に、桜さんと会ったことがある」

「会ったことは会ったんだろう。でも、桜さんと雫ちゃんはそっくりだ。話し込んだのに、雫ちゃんを見ても桜さんのことを思い出さなかったのはどうしても引っかかるんだよね。

実際、鳥羽さんも藍子ちゃんも、雫ちゃんを一目見ただけで桜さんのことを思い出しているのに」

「鳥羽さんも藍子ちゃんも、桜さんとすごした時間が長かったからな」

「でも壮馬が桜さんと会ったのは、自分さがしの旅の真っ最中だ。そんなときに会った人が、己の生きる道を決然と表明してみせた。しかも、自分と同世代。話した時間は短くても、印象に残らないとは思えない。雫ちゃんを見たら『札幌で会った女性と似ている』と気づくんじゃないかな。すぐには無理でも、この三ヵ月ずっと一緒にすごした上に、安産祈願のお守りを持っているのも見ているんだろう？」

　雫と初めて会ったときの記憶が蘇る。

――好みのタイプだし、い、い、い、い、い、い、簡単に忘れるはずない。

　あのとき、俺はそう思ったのだ――。

　ようやく湯飲みを手に取った。緩んでいた空気は、いつの間にか緊迫している。気を落ち着かせるため、ゆっくりとお茶をすする。

「壮馬が桜さんと会ったのは、ほんの短い時間だけ。本当は、話し込んでなんていないんだろう？」

　兄貴の言葉に呼応して、桜さんと会ったときの記憶が蘇る。

＊

九月。札幌市内の、とある病院の前を通りかかったときのこと。

病棟がつくった影の中でうずくまり、華奢な女性が口許を押さえていた。帽子を目深に被って顔ははっきり見えないが、苦しそうだ。

駆け寄って声をかけると、彼女は言った。

「迎えの車が来るはずなんですけど、渋滞に巻き込まれたらしくて」

大きな瞳が印象的な、どきりとするほど妖艶で、きれいな人だった。俺は緊張しながら、兄貴から旅先で「授ける」よう言われたお守りの中から、安産祈願を取り出した。

「よろしかったらどうぞ。兄の神社のお守りです。ご利益があるそうです」

どぎまぎしてしまって、ちゃんと言えたかどうかわからない。でも女性は、弱々しくはあるが微笑むと、「ありがとうございます」と受け取ってくれた。

そこに病院の人が来たので、後は任せてこの女性と別れた。

安産祈願のお守りは優先してたくさんの人に渡してきたので、さすがに逐一は覚えていない。

だから、この女性——桜さんのことも、昨日の夜まで思い出しもしなかった。

＊

「壮馬は、桜さんにお守りを渡しただけ。桜さんはありがたく受け取ったけれど、つわりが大変でそれどころじゃなくて、雫ちゃんに話すことなくしまっていた。これが真相なんだよね」

なにも言えないでいる俺に、兄貴は続ける。

「勘違いしないでほしいんだけど、僕はほめてるんだよ。壮馬は、軽い気持ちで嘘をついたわけじゃない。雫ちゃんを桜さんの呪縛から解き放ってあげようとしたんだから。『どんなことがあっても生きようとした桜さんが自殺するはずがない。あれは事故。雫ちゃんには、なんの責任もない』

そう思わせてあげることでしか、あの子を解放する術はないからね。咄嗟とは思えない、すばらしい機転だよ」

「そんな嘘をつくはずがないだろう。どうせすぐ、雫さんに見破られる」

「嘘をついたのが壮馬なら見破られないよ、信心ゼロだから。壮馬がそうなったのは、元人間の神さまを——亡くなった人を、生きている人が利用しているように思えるからだよね。ここまで頑ななのは、亡くなった先輩のことがあるからじゃないかな」

俺がひた隠しにしていたことをあっさり見抜いて、兄貴は続ける。

「このことは、雫ちゃんも気づいている。そんな壮馬が、生きている雫ちゃんのために、死んだ桜さんを利用するはずがない」

そのとおりだ。いつもの俺なら、絶対にそんなことはしない。

本当は自殺したかもしれない人を、生きている人のために事故死だったことにするなんて。

「雫ちゃんのことだから、僕と同じように、壮馬が嘘をついた可能性を考えたはずだ。でも『元人間の神さまが利用されすぎ』と思っている壮馬が、あんな嘘をつくはずがない。やっぱり桜さんは事故死――とりあえずは、そう信じることにしたんじゃないかな」

「それで間違ってないよ。俺は、亡くなった人を利用するようなことはしたくない」

「したくないことをしたんだろう、雫ちゃんのことが好きだから。僕の感触だと、ストーカー騒動がきっかけで雫ちゃんへの気持ちを自覚したんじゃない？」

否定しようとしたが、涼しげな眼差しに心根まで見透かされているようで、ごまかせそうになかった。

「兄貴は、雫さんよりも探偵役（ホームズ）に向いてそうだな」

「かわいい弟のことだから頭が冴（さ）えただけだよ」

兄貴は、あはは、と笑ってから、不意に真剣な面持ちになった。

「壮馬がそこまでしてしまうくらい、雫ちゃんは辛そうだったのかい？」

「――ああ」

騙され、拉致され、ひどいことをされかけたのに、若槻を許した雫。神道の和の精神(こころ)を語っていた雫。

鳥羽さんと対峙した昨夜の雫は、あのときと同一人物とは思えなかった。

雫は、鳥羽さんを憎悪することでしか自分を保てなくなっている。でもそれは、和の精神(こころ)を尊ぶ本来の雫ではない。しかし憎悪を捨てては、姉になにもできなかったかなしみと罪悪感に押しつぶされてしまう。結果、久遠雫という少女は壊れかけている。

だから、桜さんと話したなんて嘘をついた。

お姉さんは生きようとしていた。自殺なんてありえない。かなしみも罪悪感も抱かなくていい――そう思わせるために。

桜さんのことを考えると、ためらいはあった。でも、妹が自分の死に囚われたままでいることを望むはずがないから……いや、これは言い訳だな。

俺は結局、生きている雫のために、死んだ桜さんを都合よく利用しただけだ。

座卓に頬杖を突いた兄貴は、にっこり微笑んだ。

「そ、そ、そこまでするなんて。さすが僕の弟だ」

「たいしたことだよ。だって壮馬は雫ちゃんのために、これから一層、『亡くなった人を利用するのが嫌だから信心ゼロ』と強調しなくちゃいけないんだ。そうしているかぎり、雫ちゃんが壮馬の話を疑うことはないからね。でもそれだと、雫ちゃんと永遠に結ばれないよ。僕に言われるまでもなく、わかってるだろう？」

そうだ。だから桜さんの話をする前に、少しの間、俺は考えた。

でも雫のためだから、心を決めた。

「どのみち、あの子は俺のことなんてなんとも思ってなくて、もう実家に帰るんだ。失うものはなにもない。ついでと言っちゃなんだけど、俺もやめることにしたから。なるべく迷惑をかけないタイミングにしたいから、相談に乗ってくれ」

「あれ？　やりたいことは見つかったの？」

「まだ具体的じゃないけど、方向性は見えた。俺は、困ったり悩んだり苦しんだりしている人たちを助ける仕事をしたい」

昨日の夜、いつもの姿に戻った雫を見たとき、俺は戸惑いながらも「一人の女の子を助けられてよかった」と心から思った。そして沸々と、こんな衝動が湧き上がってきたのだ。

〝みんなの笑顔が見たい〟

子どもたちの笑顔が見たくて教師を目指していた俺は、先輩を口実に逃げ出した。その後ろめたさは消えていないし、ずっと消えないかもしれない。

でも、それを引きずったままでも、進む道を見つけられた気がする。

雫が謎を解いた後の〝みんな〟の顔を目にしてきたからこそ、見つけられた道だ——。

「本当に具体的じゃないね。なら、もう少しここで働いた方がいいよ。昨日の夜、どうして雫ちゃんは、壮馬を鳥羽さんのところに連れていったんだと思う？」

兄貴は頬杖をついたまま、急な質問をぶつけてきた。

「俺が、雫さんが鳥羽さんに抱いている気持ちを誤解していたかららしいぞ」

「別に誤解されたって構わないし、必要なら、全部終わってから話せばよかったじゃない。本当は、壮馬にとめてほしかったんだよ。憎しみの感情に駆られて、和の精神(こころ)を失いそうになる自分を。だから一緒に来てもらった」

「考えすぎだろう。あの子はそんなこと、一言も言ってなかった」

「本人も、はっきり自覚していたわけじゃないんじゃないかな。でも、的はずれでもないと思うよ。髪のこともあるし」

兄貴がにやにや笑う。

「なんで雫ちゃんはウイッグにしたんだろうね。そんなものを被っているとばれたら、桜さんだと錯覚させられない。切った方が確実なのに」

「もったいないからだと言ってたけど」

「あれだけお姉さんのために執念を燃やしていた子が、そんな理由で切るのをやめるかな？」

言われてみれば引っかかる。

「本当は雫ちゃんは、髪をばっさり切るつもりだった。でも壮馬の一言で、やめにしたんだよ」

「俺の一言？」

「巫女舞の前に言ったじゃないか。雫ちゃんの髪がきれいだって」

――その……きれいだな、と思いまして……髪が。黒くて。真っ直ぐで。

確かにそう言ったが……。

「雫さんは『ふうん』の一言で受け流していたぞ」

「恥ずかしかったんじゃない？」

「そんなこと……あの子にかぎって……」

月光を含んで、黒髪が蒼みがかった雫の姿を思い出す。

あの子の後ろに立っていたのは、お姫さまだっこの桜。

そうだ、あそこは恋愛パワースポット――。兄貴の言葉が蘇る。

――戦いの生涯を送った義経公は、安らぎを得て、みんなにひっそりと愛をおすそ分けしているんじゃないかな。

「壮馬を連れていった理由も、髪を切らなかった理由も、僕の想像にすぎない。当たっているかどうか見極めるまで、ここにいなよ。今度は純粋に応援するし、いまは不釣り合いだとも思わない。雫ちゃんのためにそこまでできる男だとわかったしね」

「でも雫さんは、実家に帰るんだろう」

「それはどうかな」

「失礼します」

兄貴の意味深な一言を受けたかのように、雫が襖を開けて入ってきた。畳に両手をつき、きれいなお辞儀をしてから言う。

「両親と話し合って、残らせていただくことにしました。高校も、横浜の学校に転入します」

え？

「両親とは姉のことがあって、まだぎくしゃくしてますし、将来、実家の神社を継ぐにしても違う環境で勉強したいんです。他人の気持ちも、わかるようになりたいですから」

「他人」と口にしたとき、雫の双眸が一瞬——と言うのもためらわれるほど短い時間、俺に向けられた気がした。

「宮司さまがご迷惑でなければ、父も『ぜひ』と申しておりました。いかがでしょうか」

「もちろん問題ない。これからも、どうぞよろしく」

「ありがとうございます」

雫はもう一度お辞儀をしてから、俺に顔を向けた。

「壮馬さんもよろしくお願いします。引き続き、教育係として指導させていただきます」

「そのことなんだけどね。残念ながら壮馬は、ここをやめることにしたそうなんだ」

なにもこのタイミングで言わなくても……っ！

睨んだが、兄貴は無邪気な笑みで「だよね？」と俺に同意を求めてくる。言葉に詰まっていると、雫が言った。

「そうですか。おやめになるんですか」

氷のつぶての方がまだあたたかみがありそうな、素っ気ない物言いだった。

ほら、見ろ。やっぱり兄貴の考えすぎ。雫は俺のことなんて、なんとも思っていないんだ。

「本当にやめるんですか、壮馬さん？」

氷塊の瞳が、俺に真っ直ぐ向けられる。頷こうとして、しかし、瞳から迸る冷気がいつもより激しいことに気づいた。唇は、心なしか「へ」の字に曲がっている。

もしかして、怒ってる？

「どうなんですか？　やめるんですか、壮馬さん？」

雫は、急かすように訊ねてくる。やっぱり怒ってるんじゃないか？　俺がやめるから？　じゃあ雫も……落ち着け。万が一、俺の思ったとおりだとしても、俺は雫のために信心ゼロを貫き続けなくてはならない。そうしているかぎり、この子とどうこうなることは決してないんだ。一緒にいても苦しいだけじゃないか。

でも……しかし……だけど……いいや……だが……とはいえ……そうはいっても……。

雫は正座したまま、凍てついた表情で俺に迫ってくる。自分より二回りは小さい少女の進撃に、反射的に身を引いてしまう。

「答えてください、壮馬さん。やめるんですか、やめないんですか？」

「や……やめま──」

参考文献

『「日本の神様」がよくわかる本　八百万神の起源・性格からご利益までを完全ガイド』戸部民夫（ＰＨＰ文庫）
『嫁いでみてわかった！　神社のひみつ』岡田桃子（祥伝社黄金文庫）
『知っておきたい日本の神話』瓜生 中（角川ソフィア文庫）
『神社の解剖図鑑』米澤貴紀（エクスナレッジ）
『巫女さん入門　初級編』神田明神／監修（朝日新聞出版）
『巫女さん作法入門』神田明神／監修（朝日新聞出版）

謝辞

執筆にあたって、破磐神社の中田千秋宮司、神職の藤原志帆氏、藤原元氏にお話をうかがいました。この場を借りてお礼申し上げます。なお、この物語は作者の想像を織り込んだ完全なフィクションです。実在の人物及び団体とは一切関係ありません。現実の神社と異なる点は、作者の誤解あるいは創作であり、その責任はすべて作者にあることを明記致します。

解説

佳多山大地（かたやまだいち）
（ミステリー評論家）

コンビニよりも神社の数のほうが多い。と、そんなあやふやな話を、いつどこのテレビ番組で聞きかじったのだったか。天祢涼（あまねりょう）の『境内ではお静かに　縁結び神社の事件帖』（二〇一八年）の文庫解説を書くこの機会に、ちゃんと飲み屋で使える蘊蓄（うんちく）にしなくては。

さっそく最新の数字を調べてみると、日本全国にある神社の数は約八万四千社で、お寺の数はそれに伍する約七万七千寺だった（文化庁『宗教年鑑』平成三十年版）。一方、コンビニの数は約五万五千店（日本フランチャイズチェーン協会「コンビニエンスストア統計調査月報」令和元年十月度）で、都市部に住んでいるとあれほど見かけるコンビニも、とうてい神社の数には及ばない。そもそも江戸時代の終わり頃には約二十万社もあった神社が明治の世になって〝整理〟され、その跡地に多く建てられたのが地域の公民館だったそうな。

ついでに調べてみたところ、学校と名のつくもので一番数が多い小学校は約一万九千校（文部科学省「学校基本調査」令和元年度速報）で、鉄道の駅の数は約九千五百駅（国土交通省「国土数値情報　駅別乗降客数」平成三十年度）である。鉄道マニアのなかには日本全国全駅に下車した強者もいるが、どれだけ信心が深くても全国の神社や仏閣を全部回るのは不可能と断言してかまわないだろう。

さて、本書『境内ではお静かに』は、文化庁の統計には残念ながら入らない架空の神社、港町横浜の源(みなもと)神社を主要舞台(メインステージ)にした連作ミステリーだ。探偵役(ホームズ)は、北海道札幌市出身の十六歳（物語の途中で十七歳に）の美少女巫女、久遠雫(くおんしずく)。源神社の宮司の実弟でいて「信心ゼロ」を公言する青年、坂本壮馬(さかもとそうま)が助手役(ワトソン)を務める。『境内ではお静かに』は、神社が〝わが家〟であり職場でもある人々を描いた、いわゆるお仕事ミステリーであり、ヒロインの巫女をめぐるラブコメディの要素もたっぷり。もちろん、肝腎の謎解きの魅力もミステリーファンの期待を裏切らない仕上がりだ。

作者である天祢涼は、今年（二〇二〇年）二月にデビュー十周年を迎える。言うまでもなく、作家はなるより続けるほうがずっと難しいお仕事。毎年少なくない数の新人が参入してくる本邦ミステリー界で、十年にわたり執筆依頼が途切れないことこそ確かな筆力を証明している。

二〇一〇年のデビュー作『キョウカンカク』（第四十三回メフィスト賞受賞）は、音を聞くと色や形が見える共感覚者、音宮美夜（おとみやみや）を探偵役に起用して前代未聞の〈異様な殺人動機〉を描き、ミステリーファンの度肝を抜いた。以来天祢は、音宮探偵が活躍するシリーズ物を手がける一方、一風変わった葬儀屋のお仕事ミステリー『葬式組曲』（二〇一二年）や二世政治家とその秘書が支持者のため謎解きに勤しむ『セシューズ・ハイ　議員探偵・漆原翔太郎』（一三年）など話題作をコンスタントに発表してきた。そして只今、〈子どもの貧困〉という喫緊の社会問題に取り組んで結末の意外性も抜群の『希望が死んだ夜に』（一七年）が文庫大当たり（ブレイク）中であり、同作で初めて天祢涼という作家と出会った読者も多いのではないか。キャラクターが生彩を放つユーモア・ミステリーからメッセージ性の強い社会派ミステリーまで、硬軟自在の作風でミステリーファンから注目を浴びてきた十年間だった。

本書『境内ではお静かに』は、表紙（カバー）の絵を一見するかぎり、いかにもほのぼのとした〈日常の謎〉派のお仕事ミステリーみたい。だが、実際読んでみると、その印象はずいぶん異なるものになるはずである。殺人事件こそ発生しないものの、幾人かの人の死が物語を大きく動かしているし、悪質な犯罪行為の顚末が描かれてもいるからだ。

事件帖の皮切りの表題作は、源神社の管理下にある無人のお社で起きた騒音トラブルを扱っている。神社に日々集まる〝人の思い〟のなかには、他者を害したいと願う邪（よこしま）なものも混じる。人払いした場所で秘密裡に行われる悪事が暴かれるのは、シャーロック・ホームズ物の名作「赤髪連盟」の流れ（パターン）に棹さすものだ。

続く第二帖「端午の節句はご家族で」には、源神社の「子ども祭り」を中止するよう要求する脅迫者があらわれる。地域の子どもたちが楽しみにしているお祭りを、なぜ邪魔しようとしているのか？　脅迫者に同情すべき点はあっても、ひどくエゴイズムの肥大した現代人特有の不寛容さが際立つ。

連作の折り返しに当たる第三帖「移転を嫌がるご事情は？」は、源神社のほか複数の神社に勤めるベテラン神職、白峰仙一郎が主役と言っていい。白峰が宮司を務める某神社（主祭神は菅原道真）の移転を頑なに拒む〈意外な動機〉を探って、本連作中、最もユーモア味の濃い作品だ。

第四帖「彼のお好みとは違うかと」は、とある男子大学生の就職活動が何者かに妨害されている疑惑をめぐり、ミスリードの巧さが光る。ミステリーを読み漁ってきた人ほど、大学生の評判を下げようとしているのが誰か見抜いたつもりでいて、すっかり騙されたのではないか。頼りなげな坂本壮馬の勘も、なかなか捨てたものではない。

掉尾を飾る第五帖「あなたの気持ちを知りたくて」は、言うなれば〝久遠雫自身の事件〟である。まだ十六歳の彼女がなぜ北海道からわざわざ横浜まで出てきて、源神社で住み込みで働き出したか明らかになる。久遠雫と坂本壮馬、それに第二帖から登場して壮馬が恋のライバルと目す鳥羽真との三角関係を一変させるドラマを秘め、年来のミステリーファンには「串刺し」などと呼ばれる連作集ならではのケレンを堪能できる。

——こうして一巻を読み終えて、なるほどと膝を打つのは、最後の第五帖に至って語り手の坂本壮馬が「神さまって、参拝者に都合よく利用されすぎじゃありませんか」と穿った見方をする性格であるのがグッと活きてくることだ。ここで彼が言う「神さま」は、じつに〈死者〉と等しい。第一帖で告白しているとおり、もともと教職志望だった壮馬は、尊敬する先輩が小学校教師になってわずか一年あまりで仕事に疲れ果て自殺してしまったショックから大学を辞めていた。今ではそのことを、「俺も先輩と同じで、子どもたちの笑顔が見たくて、先生を目指して大学に入ったけど、自信がなくなって……（中略）要は、逃げる口実に先輩を利用したんだ。最低だよ」と自嘲している。

そんな壮馬が、源義経を主祭神として祀る神社に寄寓したものだから「信心ゼロ」の思いが強くなる。周知のとおり、源平合戦で武名を挙げた義経だったが、静御前との間に生した男の子は異母兄の頼朝によって殺され、自らも非業の死を遂げた。「元人間」の義経が、安産や恋愛に御利益がある神様として生者に利用されていることに、壮馬は抵抗を覚えるのだ。そもそも「元人間」が祀られる場合の多くは、その人物の怨みを鎮めるためである。それが後世においては、ようやく鎮められた人物が生前に恵まれなかった事柄をこそ助けてくれると、そう〝生者に都合のよいロジック〟が働くようになるわけで……。

生者が死者を利用する——。誤解を恐れずに言えば、始祖エドガー・アラン・ポオ以来、ミステリーとは人の死を、人の死体を、死体となった人の遺言（時には偽りのものであることも）を利用し尽くしてきた罰当たりな近代文学ジャンルにほかならない。その意味でも、日本神話に登場する神々ではなく、まちがいなく人間だった義経を祀る神社を物語のメインステージに選んだことはシンボリックだと言うべきだろう。語り手の壮馬は、ついに物語の最後で、亡き先輩以外の人間の死者を新たに利用し、ただ一人の生者のために心優しき〝完全犯罪〟を試みるのだから。

そして嬉しいことに、美少女巫女、久遠雫の事件帖はこれきりで終わらない。来月（二〇二〇年二月）には待望の続編『境内ではお静かに　七夕祭りの事件帖』の刊行が控えているのですよ。クールキューティーな巫女探偵にすっかり魅了されたあなた、ぜひまたのご参詣を。果たして、源神社の義経様は、ますます難しくなった壮馬の恋路をハッピーエンドに導くことができるやら。

天祢涼・単独著作リスト（二〇二〇年一月現在）
♪〈音宮美夜〉シリーズ、★〈セシューズ・ハイ〉シリーズ、＃〈久遠雫〉シリーズ
♪①『キョウカンカク』二〇一〇年二月、講談社ノベルス→改題『キョウカンカク　美しき夜に』一三年七月、講談社文庫
♪②『闇ツキチルドレン』二〇一〇年七月、講談社ノベルス
③『空想探偵と密室メイカー』二〇一一年八月、講談社ノベルス
④『葬式組曲』二〇一二年一月、原書房→一五年一月、双葉文庫
★⑤『セシューズ・ハイ　議員探偵・漆原翔太郎』二〇一三年一月、講談社→改題『議員探偵・漆原翔太郎　セシューズ・ハイ』一七年三月、講談社文庫
⑥『もう教祖しかない！』二〇一四年七月、双葉社→改題『リーマン、教祖に挑む』一七年九月、双葉文庫
★⑦『都知事探偵・漆原翔太郎　セシューズ・ハイ』二〇一四年九月、講談社→一七年五月、講談社文庫

⑧『謎解き広報課』二〇一五年五月、幻冬舎→一八年一月、幻冬舎文庫
⑨『ハルカな花』二〇一五年八月、光文社→改題『彼女が花を咲かすとき』一七年十二月、光文社文庫
♪⑩『銀髪少女は音を視る　ニュクス事件ファイル』二〇一六年三月、講談社タイガ
⑪『探偵ファミリーズ』二〇一七年八月、実業之日本社文庫
⑫『希望が死んだ夜に』二〇一七年九月、文藝春秋→一九年十月、文春文庫
♪⑬『透明人間の異常な愛情　ニュクス事件ファイル』二〇一七年十一月、講談社タイガ
⑭『罪びとの手』二〇一八年六月、ＫＡＤＯＫＡＷＡ
#⑮『境内ではお静かに　縁結び神社の事件帖』二〇一八年十一月、光文社→二〇年一月、光文社文庫　※本書
#⑯『境内ではお静かに　七夕祭りの事件帖』二〇二〇年二月刊行予定、光文社

初出　すべて「ジャーロ」
「境内ではお静かに」59号（2017 SPRING）
「端午の節句はご家族で」60号（2017 SUMMER）
「移転を嫌がるご事情は？」（「移転を嫌がるお気持ちは？」改題）61号（2017 AUTUMN）
「彼のお好みとは違うかと」62号（2017 WINTER）
「あなたの気持ちを知りたくて」63号（2018 SPRING）

本書は、２０１８年11月、光文社より刊行されました。

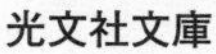

境内(けいだい)ではお静(しず)かに　縁結(えんむす)び神社(じんじゃ)の事件帖(じけんちょう)

著者　天祢(あまね)涼(りょう)

2020年1月20日　初版1刷発行

発行者　鈴木広和
印刷　新藤慶昌堂
製本　フォーネット社

発行所　株式会社 光文社
〒112-8011　東京都文京区音羽1-16-6
電話（03）5395-8149　編集部
8116　書籍販売部
8125　業務部

落丁本・乱丁本は業務部にご連絡くだされば、お取替えいたします。
ISBN978-4-334-77962-7　Printed in Japan

組版　萩原印刷